間宵の母

歌野晶午

双葉文庫

目次

間宵（まよい）の母

間宵の父

紗江子ちゃんのおとうさんは、昔、ジャニーズだったんだよ！　愛称はユメドノ！

ダンスのレッスンで前十字靭帯を断裂してしまって泣く泣く引退したんだって！

ふわっと耳にかぶった髪、カールした睫と潤んだ茶色の瞳、細長く締まった鼻、髭のないつるんとした口元、笑うと右にだけできるえくぼ、行儀よく並んだ目映い歯、すらりと伸びた手足を包むのは白地に花柄のシャツとタイトなパンツ、という王子様のような見た目に加え、間宵夢之丞という芸名のような本名から、そういう妄想がかきたてられたのでしょう。

学校じゅうに広まった噂は結局ウソネタでしたが、そうとわかっても、紗江子ちゃんパパの人気が落ちることはありませんでした。

保護者参観授業で夢之丞さんが教室に入ってくると、おかあさんたちの口元はゆるみ、頬にぽおっと朱が差します。授業のあとの保護者会では、椅子取りゲームのように、夢之丞さんの隣の席を奪い合います。

担任の船津先生もラブビームを発射します。いつもは上下ジャージなのに、参観授業の日はシフォンのワンピースやフロントフリルのブラウスで、いつもの二倍ファンデーションを厚く塗り、コンシーラーまで使って顔をととのえています。学校行事だから身だしなみを気にしているのではありません。おかあさんたちだけしか来ないのなら、あんなに甘ったるい香水をふりかけたりはしないはずです。それにほら、夢之丞さんが教室に入ってくると、教科書を読んでいた船津先生の声が裏返るでしょう?

夢之丞さんは子供たちにも大人気でした。クレーンゲームの神だったからです。どんなに意地悪な場所に置かれたぬいぐるみでも、三回チャレンジすればかならずゲットしちゃうのです。だから、おじさんあのフィギュア取ってよ、ユメドノこっちの缶バッジがほしいと、よそのクラス、ほかの学年の子からもひっぱりだこでした。なれなれしく呼びかけられても、夢之丞さんは怒ったりたしなめたりうるさがったりすることは決してありませんでした。

クレーンゲームの神様は、普通のゲームの腕はたいしたことなくて、レースや格闘の対戦ゲームでは小学生といい勝負で、負けると、もう一回もう一回と人さし指を立てて悔しがるのでした。けれど、子供っぽいその姿がかわいいと、とくに女子には評判でした。

女子に評判といえば、スイーツです。紗江子ちゃんの家に遊びにいくと、かならずおやつが出てくるのですが、プリンもババロアもクッキーもアップルパイも、全部パパの手作りで、しかも小町商店街のハルヤマ洋菓子店のケーキよりかわいく、おいしいのです。

夢之丞さんが得意なのはお菓子だけでなく、遠足のお弁当も、花びらや星に型抜きしたニンジン、細かくほぐしたブロッコリーの蕾（つぼみ）、白や緑や紫の豆が敷き詰められた、まるで花壇のようなランチボックスに、スヌーピーやキティちゃんの顔のおむすび、プーさんの形をした卵焼きが並べられ、トトロのミートボールちょうだい！　あたしのタコさんウインナーととっかえて！　と、紗江子ちゃんが食べるぶんがなくなってしまうほどでした。

間宵紗江子ちゃんは三年生の時に隣町から越してきました。おうちが同じ方向で、いつも一緒に登下校していた詩穂（しほ）は、四年生になったある日、ずっと気になっていたことを尋ねました。

「あのさ、紗江子ちゃん、おかあさんはいないの？」

「いるよ」

紗江子ちゃんは気を悪くしたふうもなく、明るく答えました。

「見たことないんだけど」

「わたしは毎日見てるよ」

「おうちに遊びにいっても、いつもいないよね」

「お仕事に行ってるから」

「何の仕事?」

「会社」

「会社で何してんの?」

「会社のお仕事」

「だからぁ、そのお仕事は、どういうの? うちのパパは会社で機械の部品を売ってる。紗江子ちゃんのおかあさんも何か売ってるの? それとも何かを作ってるの? お金の計算?」

「だから、会社をしてる」

「えっとー、じゃあ、紗江子ちゃんのおとうさんはいつもおうちにいるけど、仕事行ってないの?」

「うん」

「どうして?」

「体が弱いから」

「どこが悪いの?」

「知らない」

「ふーん」

うちでは、パパが毎日仕事に出かけていき、ママがごはんを作ったり授業参観に来たりするのに、どうして紗江子ちゃんのところは違うのだろうとなんとなく不思議に思っただけで、何が何でも理由を教えてもらわないことには気がすまないというわけではなかったため、それ以上は訊きませんでした。夢之丞さんと楽しくゲームができたり、おいしいお菓子をいただければ、詩穂はそれでよかったのです。

紗江子ちゃんちにおよばれした児玉知佳ちゃんが、次の日学校で、ぴょんぴょん跳ねながら言いました。

「ユメドノってば、すごすぎー。喋っただけで、プーさんやイーヨーがバーッと飛び出てくんだよ。魔法使い？」

「ちょっと何言ってんの」

門倉明日香ちゃんが落ち着かせます。

「ユメドノがお話をすると、そこに出てくるラビットやティガーが、本当に目の前で動くんだよ、喋るんだよ。あんなの、はじめて」

「うちのママも本を読むのがじょうずだよ」

「ユメドノはね、本は使わないでお話しするの」

「落語みたいに？」

「ストーリーキングって言うの」

「ストーリーテリング」

紗江子ちゃんがくすりと笑って言い直しました。

「本も画面も見ないで、長い長いお話をするんだよ。それだけでもすごいよね。よく憶えてるよね。でももっとすごいのが、お話が目に見えること。ピグレットやオウルがあたしに話しかけてくんだよ。本物みたいに」

知佳ちゃんがまたぴょんぴょん飛び跳ねます。

「うちのママも本を読む時にいろんな声を使うよ。ゼペットじいさんがピノキオに話す時にはしわしわ声なのに、ピノキオの返事はコロコロしてる」

明日香ちゃんは胸を張って言い返します。

「キャラの声が違うだけじゃない。もっとすごいの。キャラがそこに見えるんだもん。動くんだもん。魔法かも」

「ママもすごくすごいよ。聞いたことないくせに。ジャファーが催眠術をかけるとことかチョー怖くて、小さい子たちが泣いちゃったんだから。公民館で読み聞かせやってるから、今度聞きにきなよ」

明日香ちゃんはぷいと顔をそむけました。

けれどしばらく経ったある日、その明日香ちゃんが、ぴょんぴょん跳ねながら言いました。

「ママよりユメドノのほうが全然すごい。知佳ちゃんが言ったとおりだった。ただの声まねじゃない。言葉が動き出すんだよ。でもって、キャラが飛び出る。アリスが見える、白ウサギが動き回る、ハートの女王がそこにいる。びっくりだよ。どういう技？　紗江子ちゃんのパパ、やっぱ芸能人なんでしょ？　役者さん？　声優さん？」

「違うよぉ」

紗江子ちゃんは恥ずかしそうに答えます。

「そんなにすごいの？」

瀬戸葵ちゃんが尋ねました。

「すごいよ、すごい。プーさんが肩車してくれた」

知佳ちゃんが答えます。

「肩車？　知佳ちゃんのことを？」

「そう」

「ウソだぁ。お話をしてるだけなのに、どうしてキャラが出てきて肩車するんだよー」

「ウソじゃないもん。あのさ、『出でよドラゴン！　汝の炎で焼きつくせ！』って赤魔道師が叫んだら、口から出た声がドラゴンに形が変わって、炎を吐くってアニメがあったじゃん」

「『天空奏鳴曲作品77』？」

「そうそう、あんな感じで、ユメドノが、『プーさんが知佳ちゃんのことを片手でひょいと持ちあげ、肩車をしました』って言うと、そういう声が聞こえるだけじゃなくって、目の前にプーさんが現われて、あたしのことを肩車してくれるんだよ」

「あたしもグリフォンの背中に乗って飛んだよ。自分が不思議の国に迷い込んじゃったみたいだった」

明日香ちゃんが両手を広げて机の間を走り回ります。

「あたしも聞きたーい。紗江子ちゃんパパのお話聞きたーい！」

葵ちゃんが両手を指揮者のように動かすと、あたしもあたしもと声があがります。

「おとうさんに言っとく」

紗江子ちゃんが答えると、やったーと拍手が沸き起こりました。

「でも、順番にね。ストーリーテリングするの、すごくパワーがいって、そのパワーを一度にたくさんの人に届けるのはむずかしいみたいなの」

一週間後、葵ちゃんはこの間の二倍の速さで両手を動かし、それに合わせて腰をツイストさせました。前の日夢之丞さんに聞かせてもらったメアリー・ポピンズの話に、まだ興奮していたのです。

その日の帰り道、詩穂は頭の後ろで手を組んでつぶやきました。

「葵ちゃん、いいなあ。明日香ちゃんも、知佳ちゃんも」

そして立ち止まると、振り返り、紗江子ちゃんの手を取りました。

「寄ってっていい？」

「これから？」

「うん。あたしも傘を持って飛びたい！」

「そのうちね」

紗江子ちゃんはすっと目を伏せました。

「今からじゃだめなの？」

「今日は、ちょっと……」

「ユメドノ、お出かけ？」

「うん、ちょっと」

「あしたは？」

「あしたも、ちょっと……」

「あさっては？」

「学校でも言ったけど、ストーリーテリングにはパワーがいって、おとうさん、そのあと寝込んじゃったりするんだ。当分は無理だと思う」

紗江子ちゃんは困ったような顔をして笑いました。

詩穂はがっかりしました。そして、お話をするだけで寝込んじゃうなんて、夢之丞さんはやっぱり体が弱いんだなと思いました。

次の週、新田(にった)千尋(ちひろ)ちゃんがエルマーと一緒に竜の背中に乗って冒険しました。その次の週は岡部(おかべ)真美(まみ)ちゃんで、バーバ一家と南極旅行をしてペンギンと遊んだそうです。

「あたしの番は、いつ？」

学校の帰り道、詩穂は催促しました。

「そのうちね」

この間も同じ答えでした。いつになったら「そのうち」がやってくるのでしょう。知佳ちゃんなんか二度も聞かせてもらったというのに。

紗江子ちゃんとは一番の仲よしだと信じていただけに、詩穂はショックでなりませんでした。これって何の意地悪なのと悲しくなり、もう絶交しちゃうからとふくれてしまいました。

校庭のプラタナスが色づきはじめたある日、詩穂は紗江子ちゃんの家におよばれしました。

いつものようにおかあさんはいなくて、パパの手作りおやつが出てきました。アメリカの映画に出てくるような大きなオーブンで焼いた、ふかふかのシフォンケーキです。ほんのり紅茶の香りがして、てっぺんには渦巻きに絞った生クリームがのっていて、いつものように、お店のケーキよりずっとおいしいものでした。

「おもしろいお話があるんだけど、聞く？　それともゲームのほうがいい？」

おやつのあと夢之丞さんに訊かれた詩穂は、

「お話！」

と元気よく手を挙げました。とうとう自分にも順番が回ってきたのです。紗江子ちゃんと絶交しなくてよかったと思いました。

「ハロウィンが近いことだし、おばけの話にしようか。おばけといっても、かわいい子たちだから、全然こわくないよ」

夢之丞さんはにこっと笑い、両手を胸の前で幽霊のように垂らしました。詩穂も手を幽霊にして笑い返しました。紗江子ちゃんは詩穂の隣で両膝をぎゅっと抱えています。

「今年のハロウィン、詩穂ちゃんはどんな仮装をするの？」

夢之丞さんの質問に、詩穂は頬に人さし指を当てて答えました。

「んー、べつにしないかな。幼稚園ではしたけど」

「幼稚園の時には何になったの？」

「ベビーデビル。頭からすっぽりの全身タイツで、細長いしっぽの先が三角になってるの」

「じゃあそのコスチュームを着た姿を想像してごらん」

詩穂は目を閉じます。黒いタイツに身を包み、赤い角のついたカチューシャをはめます。

「ひゅーひゅらどんどん、今日は楽しいお祭りの夜。ひゅーひゅらどんどん、みんな集まれ出ておいで」

夢之丞さんはフォークでケーキのお皿を叩き、ストローに唇を当てて笛のように吹き鳴らします。

「まんまるお月さんに照らされた、いつもはこわい教会裏の、十字架並ぶ墓地の陰から、ぴょんと飛び出たオレンジの、こいつがいなけりゃはじまらない、三角お目々にギザギザの口。

『ぼくはジャック・オー・ランタン。ハロウィンの主役だよ。ヘイヘーイ、そこのかわいい彼女、君の名前は？』」

「西崎(にしざき)詩穂！」

詩穂は元気よく答えました。

「『主役を気取るのは百年早いぞ、このカボチャ野郎が。ハロウィン・コスの一番人気はあたいだし』」

お月さんを背に、空からふわふわと、箒(ほうき)に乗った三角帽子の魔女が地面に降りてきます。額に散らしたピンクとシルバーのラメがおしゃれです。肩には黒猫がちょこんと乗っています。

「『詩穂ちゃんかい。こんばんは』」

「こんばんは！」

「『あたいはマジョーロ、永遠の十九歳。本当は二百五十三歳で魔老女だって？　やかまし！』」

詩穂は、ときどき薄目で見てみますが、夢之丞さんは本を開いていないし、メモも見ていませんでした。

「あっ、後ろを見て！」

詩穂は振り返りました。

「ゴブリンも来たよ。耳の長い緑色の子」

あ？

「隣はグレムリンだね。二人は兄弟なんだよ。やあ、ホッケーマスクのジェイソンに、縞々（しましま）セーターのフレディもおいでなすった。おやおや、手をつないじゃって、あの二人、仲いいんだ。その後ろは、腕をだらーんとさげた、うへーっ、ゾンビだよ、ゾンビ。一、二、三──、いったい何匹いるんだ。キモッ」

グレムリンが、ジェイソンが、フレディが、ゾンビの群れが見えます！

「『しゅっぱーつ！』」

かけ声かけたはカボチャのジャック、真っ赤なマントをひるがえし、十字架から十字架へ、ホップ、ステップ。ゴブリン、グレムリン兄弟もスキップ、ジャンプ。白塗り赤鼻ピエロは大玉に乗るよコロコロと、セイレーンひゅーひゅら笛を吹き、ぽんぽこ叩くは一つ目サイクロプス、自分のおなかをぽんぽこぽん。空ではカラスがくーるくる、コウモリ、ゴースト、ひーらひら。

『ほら、あんたもおいで』

マジョーロに手を引かれ、小悪魔コスチュームの詩穂ちゃんも、パレードにまざるよ、今夜はハロウィン、お祭りさ」

知佳ちゃんたちがクラスで大騒ぎしていた理由が、詩穂はやっとわかりました。自分の体が、夢之丞さんの語りの中に溶け込んでいくようなのです。こんなわくわく体験ははじめてです。

「空には、くしゃくしゃに丸めたセロハンを広げたような雲と、こっちもセロハンで作ったようなまんまるで黄色いお月さんが浮かんでいます。丘の麓(ふもと)には、窓に明かりが浮かんだ家々が、ドールハウスのように散らばっています」

お墓を出て、歌いながら坂道を下っていった一行は、小さな白い家の前で止まります。おばけカボチャのジャックがドアを叩くと、中からエプロン姿のおばあさんが出てきました。ジャックたちは合唱するように声をあげました。

「トリック・オア・トリート！」

「あれあれ、かわいいおばけさんたちだこと。いたずらされちゃ、かなわないわね」

奥から禿げ頭のおじいさんがバスケットを抱えて現われ、おばあさんと一緒にクッキーを配ります。焼きたての香ばしくて甘い匂いがふんわり広がります。

おばけたちは向かいの家のドアを叩きます。

「トリック・オア・トリート！」

おばさんがチョコレートをくれました。

隣の家ではキャンディーがふるまわれました。次の家ではマシュマロを、その次ではゼリービーンズをもらいました。

一行はトレーラーハウスが並ぶ一角にやってきました。

「トリック・オア・トリート！」

しばらく待っても、その家のドアは開きませんでした。けれど窓におろされたブラインドの隙間からは明かりが漏れています。

「トリック・オア・トリート！」

一行は入れ替わり立ち替わりドアを叩きます。

「うるせー！」

乱暴にドアが開き、ヤギのような鬚（ひげ）のおじさんが現われました。

「トリック・オア・トリート！」

おばけカボチャのジャックが両手を差し出します。

「黙れクソガキ。こちとらいい気分なのに、じゃますんな」

おじさんは右手を斜めに振りおろし、左手のビール瓶を口に持っていきます。

「お菓子をくれないと、いたずらしちゃうよ」

魔女のマジョーロが箒の柄をおじさんに突きつけました。

「黙れクソアマ。こっちがいたずらするぞ」

おじさんは箒を摑んでマジョーロのことをぐいと引き寄せます。

チュイーンと、ガラスを引っ掻くような音が鳴り響きました。

「お菓子は？　くれないの？　本当にくれないの？　じゃあ死ね！」

おじさんの腕が赤い糸を引きながら宙に舞いました。

縫い目だらけのマスクをかぶり、肉屋さんがするような大きなエプロンをつけたレザーフェイスが、チェーンソーを高々と掲げています。

切り落とされた右腕をゾンビたちが奪い合います。地面でのたうちまわるおじさんにも、われ先にと襲いかかります。

食べるのにいそがしいゾンビはおいておき、ほかのみんなは隣のトレーラーハウスに移動しました。

「トリック・オア・トリート！」

黄色いバンダナを海賊のように巻いたおにいさんが出てきました。

「ヒャッハーッ！」

赤と緑の縞々セーターを着たフレディ・クルーガーが奇声をあげ、鉄の鉤爪で、おにいさんの体をズタズタに切り裂きました。

「トリック・オア・トリート！　トリック・オア・トリート！」

一行は歌うように声を張りあげ、両手を突きあげて行進します。家々のドアをピエロが蹴破り、グレムリンが窓ガラスに石を投げつけ、バンシーは黒髪を振り乱して金切り声をあげ、ジェイソンはマチェットを振り回し、ドラキュラはおねえさんの首筋に嚙みつき、ゾンビが後始末をします。

「楽しいね！」

黒猫がニッコリ振り返りました。いつの間にかマジョーロの肩から降り、二本の足で立っていました。長い尻尾を手に持ち、投げ縄のようにくるくる回しています。その顔は紗江子ちゃんでした。アイライナーで頰に髭を描き、ネコ耳のついた黒い全身タイツに身を包んでいます。

「トリック・オア・トリート！　トリック・オア・トリート！」

　クラクションを鳴らして向こうから走ってきた車にも襲いかかります。立ちはだかり、取り囲み、運転手を引きずり出して手足をもぎ取り、車はひっくり返して火を放ちます。いったい何の騒ぎだと家から出てきた人々は切り裂かれ、頭を落とされます。きゃぁきゃぁと、火の海血の海を、三角帽子やマントの子供たちが逃げまどいます。

　詩穂は、わっと声をあげて駆け出しました。驚きと恐怖と混乱が大きすぎて、大暴走をはじめた集団の中にぼんやりと身を置いていたのですが、ようやくわれを取り戻したのでした。

　ここがいったいどこなのかわからなかったけれど、とにかく詩穂は全力でクリーチャーの一団から抜け出しました。運動会の時よりいっしょうけんめい手足を動かし、助けて助けてと声を嗄らし、走りに走りました。

　もう一歩も動けないほどへとへとになり、腰を折り、両膝に手を当てて、はあはあと荒い息を繰り返していた詩穂は、おやと思い、顔をあげました。

　目の前に見慣れたおうちがありました。クリーム色の壁に焦げ茶色の玄関ドア、ポーチに置かれたピンクの自転車、白い手摺りのベランダ、深緑のカーテン、表札には〈西崎〉とあります。隣の家もクリーム色の壁の家で、〈萩元〉と表札が出ています。反対側の隣は〈坂田〉さんで、その隣は二階建てのアパート――全部見憶えがありました。詩穂が住んでいる町でした。おうちまで帰り着いたのです。

熱い涙が泉のように湧き出てきて、つるつると頰を流れ落ちました。息もできないほどの恐怖から解放されたことで、自然とそうなってしまったのです。

通りの左を見ても右を見ても、振り返っても、レザーフェイスやフレディの姿はありません。狂ったような歌声も聞こえません。もうだいじょうぶです。詩穂は手の甲で瞼をこすりながら玄関に向かって走りました。

「ママー！」

ぬいだ靴は揃えるという決まりを忘れ、詩穂は廊下をスケート選手のように滑ってリビングのドアを開けました。カウンターの向こうから、トントントンと小気味よい音が聞こえてきます。

「ママー！」

詩穂はキッチンに飛び込み、ママにむしゃぶりつこうとして、ハッと身を硬くしました。

「『ただいま』でしょう？」

トントントン。俎で菜っ葉をきざむ音に合わせて声がします。

「どうしたの？　ママの顔に何かついてる？」

何かついているどころではありません。

「もうごはんができるわよ。手を洗ってらっしゃい」

横長の顔は緑色で、離れた両目は目玉が落ちそうなほど飛び出ていて、庖丁(ほうちょう)を握る手も緑色で、指が四本しかありません。

どう見てもカエルでした。カエルがフリルのついたエプロンをして二本足で立っていたのです。

「今日はハロウィンよ」

カエルは詩穂の方に顔を向け、大きな目で、ひとつウインクしました。なーんだママが仮装してるんだと、詩穂は洗面所で手を洗ってダイニングテーブルにつきました。

「誕生日?」

詩穂は目をぱちくりさせました。

「あなたのお誕生日は来月でしょう。パパは三月、ママは八月」

カエルになったママが料理の皿をテーブルに並べます。

「だって、なんか、すごい」

湯気がたちのぼるミートボールのスープ、野菜も肉もたっぷりの冷しゃぶサラダ、外は焦げ茶で中はピンク色のステーキ、トリッパのラザニア——おいしそうな料理がテーブルの上に並べられていきます。

見た目だけではありません。味も、口の中がとろけるようで、嚙むほどに体じゅうにしあわせが行き渡るように感じられます。苦くて嚙み心地も気持ち悪いレバーが詩穂は大の苦手でしたが、いま前菜として出てきたレバーペーストのカナッペは苦くも臭くもなく、おかわりしたいほどでした。

「お取り寄せ？」

あつあつのラザニアにふうふう息をかけながら詩穂は尋ねました。

「ぜーんぶママの手作りよ」

「ママ、こういうの作れるんだ」

いつもは、焼いた青魚に根菜や山菜の煮付け、菜っ葉のおひたし、納豆、煮干しがまるごと入ったお味噌汁という、おばあちゃん直伝の、昔話に出てくるような料理なのです。体にいいからと言われても、見た目がおしゃれじゃないし、味も地味なので、詩穂はおうちでの食事があまり楽しくありませんでした。

「習ってきたの」

「じゃあ、明日も？」

「今日だけよ。今日だけ特別」

「ハロウィンだから？」

「そう、特別料理よ」

「毎日ハロウィンだったらいいな」

「まあ、この子ったら」

「でもさあ、今日だけって、もったいないよ。この料理なら、ママ、お店出せるよ」

「調子のいいこと。スープ、おかわりはどう？　ステーキのお肉はたくさんあるから、もう一枚焼いてもいいわよ」

「デザート、ある？」

「ブラッドオレンジのムース」

「じゃあ、そっちのためにおなかをあけとかなくっちゃ」

そんなふうになごやかに食事を進めていた詩穂が顔をゆがめたのは、ピロシキにかぶりついた時でした。

ゴリッ。

鈍い音が口の中で響き、衝撃が頭の芯まで届きました。

具に混じっていた石を嚙んでしまったのかと、顔をしかめて吐き出すと、それは小さな輪っかでした。

「指輪？」

フォークの先で持ちあげてみると、たしかにそう見えました。石のついていない、銀色のシンプルなリングです。

「いけない、はずすのを忘れちゃった」

ママはフォークの先から指輪を取りあげました。

口をゆすごうと席を立ち、流し台の蛇口を開けたところで、詩穂は何か変なものを感じました。

流し台の奥の壁は下半分が取り払われ、調味料や台布巾が置かれたカウンターの向こうにダイニングルームが見えます。テーブルにはカエル姿のママがいて、かたわらに、さっきの指輪が置かれています。指輪は挽肉(ひきにく)とタマネギで汚れています。洗わなくていいのでしょうか。手の届くところにはウエットティッシュもあります。とりあえずそれでふいておかなくていいのでしょうか。大切な結婚指輪なのに。

口をゆすぎながら、別の変な思いにもとらわれました。

指輪を汚したくなかったから、はずして調理をしたのではないのでしょうか。なのに何かの拍子に、はずした指輪がピロシキの具材の中に入ってしまったのです。詩穂はそう思って納得していたのですが、ママは何と言ったでしょう。「はずすのを忘れちゃった」です。けれど調理の前に指輪をはずすのを忘れたのなら、指輪が具材の中に入るわけがないではないですか。

「はずしたことを忘れちゃってた」と言ったのなら、指輪は指からはずれた状態にあるので、それが具材にまぎれてしまうこともあるでしょう。けれど「はずすのを忘れちゃった」指輪は指にはまったままなのですから、具材の中に入り込むはずがありません。

そうやってぼんやり考えていたからでしょう、

「どうしたの？　冷めちゃうわよ」

という声に、詩穂はびくりとして、キッチンのゴミ箱をうっかり蹴飛ばしてしまいました。ゴミ箱は横倒しになり、中身が床にこぼれました。詩穂はあわててその場にかがみ込み、中身をゴミ箱に戻そうとし、その手が止まりました。

ゴミ箱から出てきたのは黒い塊でした。全体がふんわりとしていて、よく見ると、糸のように細いものが集まって一つになっていて、それは髪の毛に見えました。人一人ぶんほどの、大量の髪の毛です。根元には肌色のクレープ状のものがくっついていました。一枚の皮のようでした。

突如として詩穂の頭にある考えが浮かびました。あまりにへんてこりんな想像です。詩穂は目をつぶりました。目を閉じれば、このばかばかしい想像も見えなくなってしまうと思ったのです。

唾を飲み込みました。唾に包み込んで、この気持ち悪さを飲み込んでしまおうと思ったのです。苦手なピーマンを食べる時と一緒です。

けれど、目が痛くなるほど力を込めてつぶっても、何度唾を飲み込んでも、恐ろしい予感は頭の中から出ていってくれません。

「どうしたの?」

声をかけられ、詩穂はびっくりして目を開けました。エプロンをしたカエルがキッチンの入口に立っていました。

「顔色が悪いわよ」

黙っていると、カエルは近づいてきて、熱を確かめるように、額に手を伸ばしてきま

した。詩穂は背中をそらせて緑色の四本指からのがれ、

「ママは?」

と、か細い声で尋ねました。

「はい?」

「ママはどこ?」

「変な子。ここにいるじゃないの」

カエルがエプロンをつまみます。

「ママと違う。ママはそんな顔じゃない。ママはどこ?」

「そりゃ、いつもとは違うわよ。これはハロウィンのコスチュームだもん」

「じゃあマスクを取って」

「そんなことより、もう食べないの? だったらデザートにしようか」

カエルはにこやかに語りかけてきます。

「いらない」

詩穂は首を強く振って立ちあがりました。

「甘いものは別腹よ」

「いらない」

「正真正銘のブラッドオレンジを使ったムースなのよ。よそでは絶対に食べられないんだから」

カエルは舌なめずりをしながら冷蔵庫を開けます。ヘビのような、細長く、真っ赤で、先が二つに割れている舌を見て、詩穂の背中を冷たいものがすーっと流れ落ちました。

詩穂はカエルの後ろをすり抜けてキッチンを出ました。そしてもう一度尋ねました。

「ママはどこなの？」

「まだ言ってる。ホント、おかしな子ね」

カエルはくすりと笑い、冷蔵庫を閉めます。

「こっちに来ないで」

詩穂は一歩さがります。

「そっちに行かないと、ママ、キッチンを出られないんだけど」

「来ちゃだめ！ ママだという証拠を見せて」

「あら、証拠なんて言葉を知ってるの？ ずいぶん大人になったわねぇ。ママ、うれしい」

「いいから、マスクを取って」

「えーっ？ せっかく作ったのにぃ」

「取って」

「特殊な素材でできていて、一度取ったら、二度とかぶれないんだけど」

「取って！」

「仕方ないわねぇ」

カエルはガラスの器を流し台に置くと、顔の両側に四本指の手をかけて、前後にひねりながら持ちあげました。

「じゃーん！」

愉快なかけ声とともに、カエルのマスクがヘルメットのようにすっぽりぬげました。

「誰なの？　誰？」

詩穂の顔はくしゃくしゃです。

「誰って、ママよ」

「ママじゃない。ママは？　ママはどこ？」

マスクの下から現われたのは、髪がモジャモジャで、肌が真っ黒、細長い耳が横に飛び出し、その上にはホルンのように曲がった角があるという、どう見てもヒツジでした。

「ひどい子ね。リクエストに応えてかぶり物を取ってあげたというのに」

黒いヒツジは目の下を手でこすります。けれど涙なんかひとしずくもこぼれていません。手の先は、さっきまでの四本指ではなく、二つに割れた蹄になっていました。

「だって、ママじゃないもん。ママなら、そのマスクもはずして、本当の顔を見せて」

詩穂は涙声です。

「これはマスクじゃないんだけど」

「マスクに決まってんじゃん。取って」

「取らなきゃだめ？」

「取って」

「これは取らないほうがいいと思うけどなー」

「取って！ 取って！ 取って！」

詩穂は駄々っ子のように足を踏み鳴らしました。

黒ヒツジは小首をかしげました。左に倒し、右に倒し、どうしようかなあと迷っているようであり、じらしているようでもありました。

「どうなっても知らないよ」

突然、声の感じが変わりました。ママとは似ても似つかない、男の人のように低く、しゃがれた声でした。そして黒ヒツジは顔の両側に蹄をかけると、前後にひねりながら持ちあげました。

詩穂の悲鳴が家じゅうに響きわたりました。

「だから言ったじゃないのさ」

ヒツジの頭が飛んできました。詩穂はそれをドッジボールのように胸の前で受け取ったあと、きゃっと声をあげて放り出しました。

目の前には顔のないおばけが立っています。詩穂に投げつけたのは、マスクではなく、頭そのものだったのです。自分の頭をもぎとったのです。首の根本から引きちぎったのです。

頭はないけど、生きています。ちゃんと立っているし、腕をぶらぶら動かしています。

立てなくなってしまったのは詩穂のほうでした。驚きと恐ろしさのあまり、尻餅をついてしまいました。

「おとなしくしていれば楽しい夜になったのに、バカだねぇ、この子は」

憎々しげな声がします。けれど目の前の怪物には頭がありません。

「そんなにママに会いたいのかい？」

もげて床に転がっているヒツジの頭が、パクパク口を動かして言葉を発しているのです。口を開けるたびに、真っ赤で二つに割れた舌が、チロッ、チロッと覗きます。

詩穂は、ママ、ママと繰り返しますが、口からは、ひいっひいっと、破れたホースのような音が漏れるばかりで声になりません。

「ママはさっきからそこにいるじゃないか」

頭のない化け物が正面を指さします。詩穂は左を見、右を見、振り返りますが、ママの姿はありません。

「ここだよ、ここ」

首なしおばけは腕をぐいと伸ばし、詩穂の服を蹄でつつきます。ちょうどおなかのあたりを。

「ママの肉はおいしかったかい？」

詩穂は絶叫しました。

ミートボールのスープ、冷しゃぶ、ステーキ、トリッパ、レバーペースト——ああ、恐ろしい予感が的中してしまいました。

「締めはこれだよ」

首なしおばけは流し台からガラスの器を取りあげます。

「そのへんで売ってる、色が赤いだけのオレンジを使ったんじゃないからね。オレンジを本物の血であえた、正真正銘のブラッドオレンジさ。さあ、お食べ」

スプーンで真っ赤なムースをすくい、詩穂の口に押しつけます。唇をぎゅっと閉じて抵抗すると、口で息ができず、生臭さが鼻の奥に押し寄せてきます。早く食べろと急かすように、ヒツジの生首が、目を細くして、ゴム鞠のようにその場で跳ねています。首なしおばけがスプーンを差し出しながら一歩踏み出します。

詩穂は顔を激しく振って拒絶し、尻餅をついたまま後ずさりしました。

詩穂はヒップウォークでの後ずさりを続け、途中からは両腕を後ろに回して床に手をつき、仰向けの四つん這いでリビングを出ました。そのまま速度を緩めず玄関まで走っていくと、段差に気づかず上がり口に転落してしまいましたが、痛みを感じるよりも先に、ネコのようにさっと立ちあがりました。

裸足でしたが、靴を履いてなんかいられません。首なしおばけはそこまで迫っています。首なしおばけの足下では、ちぎれた頭がぴょんぴょん跳ねています。

詩穂は怪物に背を向けてドアノブを摑みました。回しながらドアに体当たりして開けようとしました。

その時でした。

「トリック・オア・トリート！　トリック・オア・トリート！」

外で声があがりました。

「トリック・オア・トリート！　トリック・オア・トリート！」

玄関のドアが叩かれます。

「トリック・オア・トリート！　トリック・オア・トリート！」

声もノックも激しさを増します。声は、高かったり低かったり、大きかったり小さかったり、合唱のように重なっています。

「トリック・オア・トリート！　トリック・オア・トリート！」

聞き憶えのある声が混じっています。この、鼻にかかった声は、ああ、ジャック・オー・ランタンです。しわがれた女の声はマジョーロです。

「トリック・オア・トリート！　トリック・オア・トリート！」

フレディにジェイソン、レザーフェイス、そしてゾンビの群れ――外には恐ろしい殺人集団が待ちかまえています。出ていくわけにはいきません。

けれど振り返ると、こちらにも殺人鬼が迫っています。上がり框（かまち）に立ち、おまえをどう料理してやろうかと思案でもするように、胸を張って腕組みをしています。その横ではヒツジの頭が、うれしそうにぴょんぴょん飛び跳ねています。

「トリック・オア・トリート！　トリック・オア・トリート！」

ドカンドカンとドアが叩かれます。ミリミリと罅(ひび)が入ります。
首なしおばけが腕組みを解き、両腕を詩穂の方に差し伸ばします。蹄の先が頬にふれます。氷のように冷たく、ナイロンたわしのようにざらざらしています。もうだめです。これでおしまいです。

「ママー！」

詩穂はやっとそれだけ叫び、へなへなとその場に崩れ落ちました。

「詩穂？」

その声に、詩穂は目を開けました。すぐそこに見慣れた顔がありました。

「ママ？」

そうです、ママです。

「何ぼーっとしてるの。さっきから呼んでるのに」

ママが目の前に立っていました。フリルのついたエプロンをしています。胸まであるエプロンの上には、ちゃんと頭がついています。角はありません。カエルでもありません。

「ぼーっとしてないで、テーブルをふいて、お箸(はし)を出して」

詩穂は首を左右に動かし、視線をあちこちに向けました。

自分がソファーに寝そべっていることにまず気づきました。アイボリーの布張りの三人掛けの長椅子——見慣れたソファーです。おうちのリビングのソファーでした。

「ごはん? 冷しゃぶ? ステーキ?」

詩穂はドキリとして体を起こしました。

「そんなご立派なものじゃなくて、すみませんねー」

キッチンとの間のカウンターに、煮魚の載った大皿が見えました。隣にはカボチャの煮物が盛られた鉢があります。

「ママ?」

詩穂は立ちあがり、体を引き気味に上目づかいで尋ねました。

「何かついてる?」

ママは口の周りを指先でさすります。

「ママだよね?」

詩穂は重ねて尋ねます。

「えっ? つまみ食いなんかしてないよ、してないしてない」

「本当にママだよね? 本物のママだよね?」

「は?」

「頭、取れないよね?」

「はあ?」

「あ! 本物だ!」

左手の薬指にシルバーのリングが輝いているのに気づき、詩穂はママの胸に飛び込みました。いつものママのにおいがします。

「どうしたのよ」

ママはとまどった様子で、詩穂のことを抱きかかえ、背中をトントンと叩きます。

「生きてた」

詩穂はママの腰に両腕を回します。

「何言ってるのよ。寝ぼけてるの？」

「生きてた生きてた」

両腕にぎゅうぎゅう力を込めます。ぬくもりがじんわりしみこんできて、ママと一つになった感じがします。

「ははーん、さてはゲームね。怖いゲームしたんでしょう？　ゲームをしすぎると、ゲームの世界から抜けられなくなって、変な人になっちゃうよ。ゲームは一日一時間。返事は？」

「はーい」

詩穂はママに抱きついたまま素直に答えました。自分の声がママの体の中で反響し、自分の体もふるえ、なんだかくすぐったい気分です。

「さあ、テーブルをふいて。詩穂のお仕事でしょう」

「はーい！」

詩穂は元気よく返事をして、ダンスをするようなステップでキッチンに向かいました。

ダイニングテーブルをふいたり、箸や料理を並べたりしていると、いつもはたいてい会社の人と一軒寄ってくるパパがまっすぐ帰ってきて、三人揃っての夕飯になりました。外で飲んでこなかった日は、ビールが一本つきます。

いつものように、色合いも味も華やかさとは縁遠いおばあちゃん直伝の料理ばかりでしたが、こんなにおいしく、しあわせを感じたことは、かつてありませんでした。

どんなに怖い夢も、いつかは覚めるし、覚めてしまったら、怖くも何ともありません。本当に恐ろしいのは、決して覚めることのない現実なのです。

明日がハロウィンというその日、学校から帰ってくると、家の中ががらんとしていました。今日はママのパートは休みで、どこかに出かけるとも言っていなかったのにおかしいなと思いながらも、友達との約束があったので、詩穂はランドセルを置いて遊びにいきました。

ゲームが楽しすぎて、門限を十五分も過ぎてしまいましたが、怒られずにすみました。ママがいなかったからです。

宿題をしていると、パパが帰ってきましたが、ママはまだ帰ってきていませんでした。パパは、こんなことなら飲みの誘いに乗ったのに、いったいどこをほっつき歩いてるんだとぶつくさ言って、先に風呂にするかとお湯を張ろうとしたところ、浴槽が汚れたままだったのでまたそこで文句をたれ、結局シャワーですませていました。

髭を剃り、髪を乾かし、缶ビールを一本空けてもママは帰ってこず、パパがキッチンに立ちました。スパゲティを茹で、缶詰のツナとみじん切りにした大葉とマヨネーズであえ、二人きりで質素な夕食をとりました。パパはもう一缶ビールを開けたので、この時はまだそんなに心配していなかったのでしょう。

お皿を洗ったあと詩穂は宿題の残りに取りかかりましたが、漢字の書き取りも分数の足し算もちっとも進みません。

九時、九時半、パパもだんだん落ち着きがなくなってきて、電話機の横に置いてあるアドレス帳を開き、ママのお友達の家に電話をかけはじめました。そして電話をかけるところがなくなると、ご近所を訪ねました。萩元さんも坂田さんも、ママがどこに出かけたのか知りませんでした。

「携帯電話を持ってたらなあ」

詩穂は溜め息まじりにつぶやきました。このごろテレビドラマでよく見るようになった携帯電話を、料金が大幅に下がって庶民にもお手ごろになったのよと、ママはカタログをテーブルに並べてほしがっていたのですが、パパは、自転車で行ける範囲しか行動しないおまえには必要ないだろうと言って、買ってあげなかったのです。

「十時を過ぎてるぞ。寝た、寝た」

責めたつもりはなかったのですが、パパはひどく不機嫌になりました。

詩穂は蒲団に入ったものの、目がさえてとても眠れません。左に右に寝返りを打ち、枕を抱きしめたり掛け蒲団を頭までかぶったりしていると、インターホンが鳴ったのが聞こえました。

「ママだ！」

詩穂はベッドを飛び降りて玄関に駆けていきました。

ドアを開けると、女の人が立っていました。

「お宅のほうに手がかりはない？」

ママではありませんでした。女の人は傘を手にしていましたが、髪も服も濡れそぼっていました。

「どちら様でしょうか？」

パパが尋ねると、

「第一小学校四年一組、間宵紗江子の母よ」

と女の人は答えました。

「紗江子ちゃんの？」

詩穂は目をパチパチさせました。顔がずいぶん皺（しわ）っぽくて、ママよりずっと歳上、おばあちゃんに近い感じです。この人が、あのイケメンすぎるユメドノの奥さんだとは、すぐには信じられませんでした。

「けれど今は、娘のことではなく、夫のことで来ました。それで西崎さん、奥さん、何て言って出ていった？」

「奥さん？　うちの？　どこに出かけているのですか？」

パパは靴箱に片手をついて身を乗り出します。

「こっちもそれを知りたいのよ。手がかりなしか」

紗江子ちゃんママは小さく舌打ちをします。

「学校の行事か何かで？」

「西崎さん、ご存じないの？」

「何のことです？」

するとと紗江子ちゃんママは、ショルダーバッグから封筒を取り出し、パパに差し出しました。

「何です、これ⁉」

パパが血相を変え、中の便箋（びんせん）を振りたてました。

「お宅には書き置きはなかったの？」

「ありませんよ！　何です、これは⁉」

便箋には走り書きがありました。

〈巳代子（みよこ）、この気持ちは止められない。どうしようもないんだ。愛とはそういうもの。どれだけ心を込めて説明しても君は納得しないだろうから、勝手に決めた。西崎早苗（さなえ）さんと一緒になります。紗江子のことは君にまかせる〉

早苗というのはママのことです。

「手紙はなかったか？」

パパが詩穂を振り返ります。

「手紙？」

「学校から帰ってきた時、テーブルに封筒はなかったか？」

「ううん」

「メモ用紙でもいい。テーブルでなく、カウンターは？　ここには？」

パパは靴箱の上を叩きます。詩穂は首を横に振り続けます。

パパは便箋を放り出し、リビングに駆け込んでいきました。

少し遅れて、詩穂はパパを追いかけました。紗江子ちゃんママと二人きりになるのが怖かったのです。険しい顔つきもですが、雨に濡れた姿が幽霊のようだったのです。長い黒髪が、額に、頬に、首筋に張りついているさまは、まるで昔々の掛け軸に描かれた幽霊女でした。でも足がちゃんとあるので、幽霊ではなさそうです。

パパは、テーブルの下を見、カウンターの端に積まれた紙切れをぱらぱらめくり、冷蔵庫に磁石で留められたメモをチェックし、ソファーの隙間やテレビの裏も覗きました。書き置きは見つかりませんでした。

玄関に戻り、パパは靴箱の上の便箋を取りあげて、幽霊のように立っている紗江子ちゃんママに突きつけました。

「どういうことなんです？」

「こっちが訊きたいわよ」

「うちのと、お宅のご主人が？」

「そうみたいね」

「信じられない」

パパは髪を掻きむしります。

「私だって信じられないわよ」

紗江子ちゃんママはバッグを覗き込み、何か紙のようなものを取り出して、靴箱の上に叩きつけるように置きました。それを一目見るなり、パパはうろたえました。

「何です、これは？」

「見てのとおり」

「奥さんが見たのですか？」

「しばらく前から夢之丞の様子がおかしいから、探偵事務所に調べてもらったの。まいったわ」

靴箱の上に置かれたのは一枚の写真でした。ママと夢之丞さんが向き合っていました。二人とも笑っていました。二人の間にはテーブルがあり、同じコーヒーカップがソーサーの上に置かれていて、どこかのカフェのテラス席にいるところを撮られた写真のようでした。

「二人は、いつから？」

パパの顔が白くなっています。指がふるえてます。

「夢之丞にこの写真を突きつけて問い詰めようとしたんだけど、虫が知らせたのか、その前に書き置きを残して出ていった。お宅の奥さんは、こういう手紙は残していかなかったの？」

紗江子ちゃんママは、パパの手から、便箋を引ったくるように取りあげます。

「見あたりませんでした」

「荷物は？」

「荷物？」

「うちは、スーツケースがなくなっていたわ。下着やシャツも。それから箪笥預金」

その答えに、パパはふたたび部屋の方に足を向けました。詩穂もついていきます。

パパは寝室に入り、箪笥を開けました。

「何かなくなってる？　何がなくなってる？」

髪を掻きむしりながら、引き出しを次々と開けていきます。

「バッグは？　どこにしまってるんだ？」

クローゼットのドアを開け、ハンガーにかかっている上着をバサバサ落とします。

詩穂は、何をしたらよいのだろうと、どんどん散らかっていく部屋の中で、おろおろしました。そして見つけたのです。

ドレッサーの片隅に銀の指輪がありました。宝石がついていないシンプルなリングです。ママがいつもしているものです。パパの左手の薬指にも同じ指輪が光っています。結婚指輪です。

結婚指輪、ピロシキ、ゴリッ、髪の毛、肉料理、カエルのマスク、チロチロ動く二つに割れた舌、首なしヒツジ、笑う生首――恐ろしい記憶が一度に押し寄せ、詩穂はふっと意識が遠のき、ドレッサーの前に倒れてしまいました。

捜索願をと紗江子ちゃんママにせっつかれましたが、一晩様子を見たいと、パパはしぶりました。じゃあ一人で警察に行くわと、紗江子ちゃんママは雨の中を出ていきました。

パパはもう一度、家じゅうを調べました。雑誌のページをめくり、ゴミ箱もひっくり返しましたが、ママの置き手紙のようなものは見つかりませんでした。けれど、ボストンバッグとダウンコートがなくなっていることが確認できました。

「いつまで起きてるんだ！」

パパは詩穂を怒鳴りつけると、ダイニングテーブルに両肘を突き、頭を抱えました。

詩穂は蒲団に入りましたが、ドキドキが止まらず、全然眠れませんでした。

ママがどこかに行ってしまいました。気まぐれに、よその男の人と旅行に行ったのではありません。結婚指輪を置いて出ていったのです。それが、二度とこの家に戻ってこないことを意味しているのだろうとは、九歳の詩穂にも察しがつきました。

朝が来て、パパはスーツに着替え、いつもどおり会社に出ていきました。どうして昨日と同じように行動できるのでしょう。詩穂は三十八度の熱が出て、学校を休みました。

パパが帰ってくるころには、熱は下がっていました。日中、ベッドでうとうとしていると、カエルやヒツジや肉料理の食卓が夢に出てきて、たっぷり汗をかいたからです。

パパは帰ってきましたが、ママは帰ってこず、二人でさびしくコンビニ弁当を食べていると、インターホンが鳴りました。

「ママ⁉」

ゆうべのように、詩穂は玄関に飛んでいきました。

「手がかりは見つかった？　電話はない？」

間宵己代子さんでした。ぷんと、お酒の臭いがしました。パパが力なく首を振ると、己代子さんは肩からさげていた大きなバッグを開け、紙の束を掴み出しました。

「私はパソコンの中から見つけたわよ。記憶媒体上のファイルは、消去しても復元させられるの。こう見えて、起業当初はコピー機の修理やローカルネットの構築も自分でやってたから、こういうのもお茶の子。それで、夢之丞のパソコンから、いったい何が出てきたと思う？　日記。悪いのはそっちじゃないの。お宅の奥さんのほうから、うちのに誘いをかけてる。最初のお茶も、二度目のランチも、ホテルも、全部奥さんから。駆け落ちを持ちかけたのもお宅の奥さん。夢之丞は、電話で毎日のように迫られ、追い込まれ、一緒に逃げるしかなくなった。あきれたわ。なんて女。人んちの旦那に色目を使って、略奪して。ほら、その目で確かめてみなさいよ。印刷して持ってきてあげたから、読んでみなさいよ。ま、見たくはないわよね。自分の、男としての魅力のなさを思い知らされるわけだから。そうよ、西崎さん、あなたに甲斐性がないから、こんなことになったのよ。あなたがかまってやらないから、よそに目が行くんじゃないの。自分の嫁くらいきちんと管理なさい」

己代子さんは両目をカッと見開き、鼻息が聞こえてくるかのように小鼻を膨らまし、靴箱の上に置いた日記のプリントを叩きながら、パパのことを責め立てました。ライフルに言葉の弾丸を込めて乱射されているようで、詩穂はパパの背中に隠れてふるえていました。

己代子さんは次の日もやってきました。

「色目だけでなく、お金もずいぶん使ってたみたいね。〈普段使いにどうぞ。ちょっとかわいすぎ?〉。これ、たぶん、タオルハンカチ。引き出しの底に、見たことのないのがあった。洗濯は夢之丞がやってたから、気づかなかったわ。しっかし、なに、このくねくねした文字は。甘ったるい香水も振りかけて。いやらしいったらありゃしない」

己代子さんは、淡いピンクのメッセージカードを二つに破り、足下に叩きつけました。さらに別の一枚、二枚とカードを破り、放り捨て、山となった紙にライターで火を放ちました。

己代子さんは毎晩やってきては、鬼の形相でわめき散らしました。

「西崎早苗というのはとんだ泥棒猫だわ。どんな躾をしたら、ああいう悪さをするようになるのかしら。飼い猫の責任は飼い主が取るわよね、常識として。飼い主は誰かしら」

いつもお酒の臭いを漂わせていたので、酔っぱらっているせいなのだなと、詩穂は最初思いました。パパも、おうちでビール一本くらいならどうもありませんが、外でたくさん飲んできた時には、わけのわからないことを大声で繰り返すことがあります。けれど、たとえ酔っぱらってのことだとしても、毎日ではたまりません。

なのにこれだけひどいことを言われても、パパは何一つ言い返しませんでした。相手が興奮状態で普通でないため、へたに逆らったら何をされるかわからない、向こうの気持ちが落ち着くのを待とうと、今はじっと耐えていたのでしょう。

「違うもん！」

詩穂は我慢できませんでした。

「ママは怪物に襲われたの。紗江子ちゃんのパパもきっとそう」

「はい？」

「頭がヒツジの化け物。カエルのマスクをかぶっている時もある。人間を料理して食べちゃうの」

「頭、だいじょうぶ？　おかあさんがいなくなったショックで、おかしくなっちゃったのね。まったく、罪深い母親だこと。ま、子供を放棄したのだから、母親じゃないわね」

その晩、詩穂は蒲団の中で泣きました。悔しさを流し出した次には、ふつふつと怒りが湧いてきました。

ママが怪物に食べられたのではなく、夢之丞さんと一緒にどこかに行ってしまったのだとしても、そしてママのほうから誘いをかけたのだとしても、どうしてママばかりが悪く言われなければならないのでしょう。夢之丞さんは大人です。子供を力ずくでさらったのではないのです。自分もそうしたいと思ったから、誘いに乗ったのではないですか。それを、誘った側が一方的に悪者にされるなんておかしいじゃないの！

己代子さんの訪問は、一週間、十日と続き、パパはひたすら八つ当たりに耐え続けました。けれど嵐が過ぎ去ることはありませんでした。

電気を消して居留守を使っていると、寝静まった町内に大声が響きました。

「西崎さーん！　奥さんから連絡ありましたかー!?　よその家庭をぶち壊してくれた発情猫からー！」

パパは最初、このごろ奥さんをお見かけしないけどとご近所さんに尋ねられたら、介護のため実家に帰っているとごまかしていたのですが、己代子さんがあれだけ騒げば、バレバレです。

次はちらし爆弾です。手紙が入らないんですけどと郵便屋さんが言うのでポストを開けてみると、コピー用紙がぎっしり詰まっていて、ある一枚には紙からはみ出しそうなほど大きな文字で〈泥棒妻〉とプリントされ、別の一枚には文庫本のような小さな文字で〈夫を返せ!夫を返せ!夫を返せ!夫を返せ!夫を返せ!夫を返せ!夫を返せ!——〉と一面にびっしりプリントされていました。

それにも耐えていると、玄関ドアに外から、〈家内は男と逃避行中で不在にしております〉〈女房を満足させてやれなかったため捨てられた男が住んでおります〉と貼られました。まるでヤクザのようなやり口で、はずかしくて近所を歩けません。

パパはついに抗議しました。

己代子さんはすっとぼけました。

「言いがかりはよして。証拠はあるの?」

ある朝、詩穂が新聞を取りに外に出ようとしたところ、玄関のドアが開きませんでした。テラスから出て、回ってみると、プラスチックの衣装ケースが、ドアを塞ぐように密着して置かれていました。

三段積み重なっていて、押してもびくともしません。パパと二人がかりで押して、ようやく動かせました。引き出しを開けるのにもひと苦労で、中には、水をたっぷりふくんだ土が、いっぱいいっぱい詰まっていました。泥の中には木の棒が一本入っていました。

翌日も、今度は四段、ドロドロの土の詰まった衣装ケースが置かれていました。その次の日は五段です。

こんな嫌がらせをするのはあの人しかいません。泥の中に棒で、〈泥棒〉と言っているのです。

パパは防犯カメラをカーポートの柱に取りつけました。夜中に己代子さんが車でやってきて、泥の詰まった衣装ケースを玄関先に置いていくのがばっちり映っていました。

パパは警察に相談しました。人の家の敷地内に勝手に入るのは犯罪ですよと警察が注意すると、己代子さんは来なくなりました。けれどそれで終わりにはなりませんでした。

己代子さんは町じゅうの電柱という電柱に尋ね人のポスターを貼りました。一枚は夢之丞さんの顔写真で、心あたりのある方は間宵まで連絡してくださいと書いてある、ごく普通の尋ね人のポスターでした。もう一枚は、探偵がカフェで隠し撮りしたママの写真を使ったもので、顔が隠れるほど大きな文字で、〈WANTED!〉と入っていました。まるで指名手配犯です。

パパはもう一度警察に行きました。

公共物に許可なくポスターを貼ってはいけませんよと警察が注意すると、己代子さんは素直にポスターを回収しましたが、すると今度はそれをちらしとして配りはじめました。会社のことは部下にまかせきり、朝は駅で、昼は市内の公民館をめぐり、夕方は商店街、夜はまた駅前で、時には隣町の大型ショッピングセンターまで遠征し、指名手配のちらしを配るのです。

これを取り締まるようパパが警察に頼むと、もめごとは当事者同士で話し合って解決するようにと言われて、おしまいでした。話が通じない相手と、いったいどう話し合えというのでしょう。

　このころからです、パパのお酒の量が増え、三年がかりで苦労に苦労してやめたタバコを喫うようになり、ちょっとしたこと、たとえば、詩穂がテレビのリモコンをテーブルではなくソファーに置いただけで、大声で怒るようになりました。そのくせ自分は、テレビをつけっぱなしでソファーで眠ってしまうのです。詩穂はパパに聞いてもらいたいことがあったのですが、とても切り出せる雰囲気ではありませんでした。

　ご近所に隠しきれなかったように、夢之丞さんとママの駆け落ちは、学校でも話題になっていました。

「公園の真ん中にある花壇には、春にはチューリップ、夏にはヒャクニチソウ、秋にはコスモス、冬にはパンジーと、一年中きれいな花が咲きほこり、みんなその周りでスケッチをしたりお弁当を広げたり楽しくおしゃべりしたりしてたのに、ある日行ってみると、花が根こそぎ掘り返されてたら、いったいどんな気分になると思う？　あなたのママがしたのはそういうこと」

「よく学校に出てこられるね」

「親は選べないもんね。かわいそ」

「おまえも母親の血を引いてインランなんだぜ」

　同級生からだけでなく、夢之丞さんとゲームセンターで仲よしになった上級生からも、詩穂は攻撃を受けました。直接悪口を言われなくても、この間まで休み時間のたびにおしゃべりしていた知佳ちゃんや明日香ちゃんが、おはようと声をかけても顔をそむけるようになりました。そして、そういういじめが起きていると知っているくせに、船津先生はひとつも注意してくれませんでした。

夢之丞さんは、生徒にも先生にもおかあさん方にも人気があったからです。それをひとりじめした西崎早苗はゆるせないというわけなのです。この、学校でのことを、詩穂はパパに相談したかったのですが、パパが近寄りにくくなっていたため、なかなか言い出せませんでした。

一方、紗江子ちゃんは誰からも責められませんでしたが、夢之丞さん目当ての取り巻きが、潮が引くように離れていき、彼女の周りは一気にさびしくなりました。

そんな中、クラスの大石（おおいし）君と仁科（にしな）君が紗江子ちゃんの家に押しかけました。ユメドノは本当に駆け落ちしたのだろうか、働いていなかったのは体が弱かったからというから、もしかしたらもっと体が弱って病気で寝ているのかも――校内のあちこちでささやかれていた噂を確かめにいったのです。

翌日、登校してきた大石君が言いました。

「結論から言うと、ユメドノはいなかった」

そして休み時間のたびに少しずつ語られた話は、クラスのみんなを凍りつかせました。

紗江子ちゃんの家の前に立っただけで、それまでとは違う空気を二人とも感じたそうです。叫ぶような、怒鳴るような、泣くような、時には動物の吠え声のような、一言では言い表わせない得体のしれない声が聞こえてきて、線香をもっときつくしたような臭いも漂っていたと。

大石君は怖くなって引き返そうとしたそうです。けれど仁科君が門扉を開けて入っていき、そのままチャイムを押しました。壊れているのか、それとも騒音で聞こえないのか、返事はないし、誰も出てきません。仁科君は勝手にドアを開けました。近くの襖が開いていて、白い着物を着た女の人がいるのが見えました。紗江子ちゃんのおかあさんです。己代子さんは紫色の袱紗の上に置かれた巨大な玉に向かって念仏のようなものをわめき、合いの手を入れるように鉦や太鼓を叩きながら、玉の周りをぐるぐる歩いていました。

巨大な玉というのは、バランスボールくらいの大きさの玉で、真っ黒なのにつやつや輝いていました。それほど大きなものは一つだけでしたが、ほかにも、バレーボール大、ソフトボール大、ビー玉大と、さまざまな大きさの黒光りしている玉が、畳のあちこちに置いてあり、部屋の隅では紗江子ちゃんが、赤い布を使ってせっせと玉を磨いていました。紗江子ちゃんを手招きして呼んで尋ねたところ、それらの玉は黒水晶で、神様へのお願いを届きやすくする力があるとのことでした。

「あむちゅいりちゅそうもんぼりありなかぶんくずりぴょれろむげずびひゅらそろん」

大石君たちにはそうとしか聞こえませんでしたが、どうか主人が帰ってきますようにとお願いしていることでした。

「ゆちゅなそりそびわんだあらいんぞぐどさくでへさくりこのき」

白装束の己代子さんが、髪を振り乱し、鉦太鼓を打ち鳴らし、大声で祈りを捧げます。まるで映画か怪談のような光景に、大石君たちはあっけにとられ、やがて恐ろしくなり、帰ろうとしたところ、さらに異様なことが起きました。

己代子さんは鉦太鼓を置き、一枚の紙を手に取ると、それを黒水晶の大玉に向かって両手で捧げたのち、かたわらの四角い炉に投げ込みました。ぼうっとあがった炎に手を合わせ、何事か唱えます。

「ぶりだすかいっともりにるくにとせへまるいえやとくそなみつかえりよーひ」

それからまた同じような紙を手に取り、黒玉に向かって捧げ持ち、炉に投げ込み、手を合わせて祈ります。

「ぬをするわいえもしうひふへんつりーくやねむしゃりそみるくげしきな」

紙には女の人の顔がありました。詩穂のママでした。ポスターにも使っていた、密会を隠し撮りした写真です。一枚、二枚ではありません。顔写真のコピーは山と積まれていました。高さ三十センチはありました。山は、三つ、四つありました。そのすべてがママの顔写真のコピーでした。総計何百枚、いや何千枚でしょうか、己代子さんはそれを、次から次へと火にくべていたのです。詩穂のママを呪っていたのです。

「ごずれかばさちあんどぶろなけそこずるせくあごりぽるめぼうもんだちゅーいん！」

駆け落ちの相手がいなくなれば、夫は家に戻ってくる、だから西崎早苗が死にますように！

ひと月経っても、ママは戻ってきませんでした。電話も手紙もありませんでした。夢之丞さんも音信不通のままでした。

年が明けても状況は変わりませんでした。警察からの知らせもありません。キャッシュカードやクレジットカードの利用状況から居場所はすぐにわかりますよと調子のいいことを言っていたくせに。

パパはすっかり変わってしまいました。お酒の量がますます増え、二日酔いで会社を休むこともありました。そういう日は詩穂が学校から帰ってもまだ蒲団の中にいて、けれどずっと眠っていたわけではないようで、枕元にはお酒の缶や瓶が並んでいました。横倒しになり、飲みかけの中身が畳を汚していることもあり、それを詩穂が片づけていると、言いたいことがあればはっきり言えと、タバコの箱を握り潰して投げつけてきました。ランドセルを踏みつけたり、学校からのお知らせを読まずに破ったり、ゴキブリを叩いて退治するのに教科書を使ったりもしました。

学校ではのけ者にされ、おうちではあたられ、詩穂は居場所をなくしました。小さいころからがんばり屋さんとみんなにほめられていたけれど、もう無理な感じでした。

紗江子ちゃんもクラスの輪からはじかれてしまいました。おうちでのおどろおどろしい儀式が知れてしまったことで、みんなに引かれてしまったのです。そういう空気を感じてか、授業で自分から手を挙げることがなくなり、休み時間になると、教室からふいと姿を消すようになりました。

紗江子ちゃんはよく、室生川の堤や六号溜め池のほとりで見かけられるようになりました。夜、萬上橋のたもとを行ったり来たりしていて警察に保護されたこともあったそうです。

紗江子ちゃんが冷たい水に身を投げようとしていたのかどうかはわかりません。けれど、身の置きどころをなくしていたのだろうとは、詩穂にも想像がつきました。毎日毎日朝から夜中まで呪いの言葉を吐き続けるおかあさんと一つ屋根の下にいるのはたまったものではありません。詩穂も、とうとう髪を引っ張ったりリコーダーで叩いたりするようになったパパから逃れるために、よく家を抜け出し、あけぼの公園の土管トンネルの中で膝を抱えました。紗江子ちゃんも自分と一緒なのだと思いました。

けれど、ひとりぼっちの二人が、声をかけ、なぐさめあうことはありませんでした。ママを奪った人と、理不尽な嫌がらせを繰り返す人、詩穂にとって紗江子ちゃんの両親は仇敵なのです。

南から春の便りが届きました。

四月の最初の日曜日、第一小学校の校庭は開放され、地域の人たちでにぎわいます。

詩穂も、校庭を取り囲む桜並木の近くに場所を取り、パパ、ママと三人でお弁当を広げました。それが昨年までの日常でした。

季節はママの帰りを待ってくれないまま花びらを散らし、山の向こうの北の町に春を告げに旅立ってしまいました。

詩穂は五年生に進級しました。クラスが替わってお友達が替わったら居心地がよくなるかと期待したのですが、逆に学校を休みがちになりました。今日こそはと、ランドセルに教科書を詰めて家を出るのですが、途中から足が勝手に、学校とは正反対の丘の上に向かってしまうのです。

あけぼの公園には防災用の物置があり、急な災害の時に誰でも使えるよう、扉には鍵がかかっていませんでした。中は、ミネラルウォーターや毛布や消火器や救急箱でぎっしりでしたが、子供だったら、積み重ねられた土嚢(どのう)の上によじ登って坐ることができました。扉を閉めて真っ暗になっても、バックライトのついた携帯型ゲーム機で遊ぶのには全然問題ありません。

あけぼの公園は詩穂とママの「約束の場所」でもありました。家族が大地震なんかの災害で離ればなれになってしまった時には、高台にあるこの公園を集合場所にしようねと決めていたのです。だから、この約束の場所で待っていれば、ある日ママがひょっこり現われるような、そんな気がしてなりませんでした。

ママは戻ってきませんでした。そして、学校をさぼっていることがパパにばれてしまいました。詩穂はひどく叱られ、学校に復帰しました。

けれど学校には行きたくないのです。じきにまた休みがちになり、叱られ、しばらく登校し、休みが続き、タバコの火でお灸を据えられ、幾日か登校し、校門の手前で引き返し、と繰り返したあと、夏休みが明けてからは、ほとんど学校に行かなくなりました。

「パパもしょっちゅう会社をさぼってんじゃん！」

はじめてそう言い返した時、詩穂は全身がカッと熱くなり、世の中で一番強くなったような気分に包まれました。けれどそれは一瞬のことで、次の瞬間には、それまで経験したことのない痛みが襲いかかってきました。

詩穂はパパに殴られ、突き飛ばされ、蹴られました。あっという間の出来事で、恐怖を感じる間もなく、あまりの痛みに、泣くこともできませんでした。

パパは詩穂のことを心から憎んでいたのではありません。死ねと思って蹴ったのなら、血が流れようが骨が折れようが、病院に連れていきはしません。小さな子に痛いところをつかれ、癪にさわっただけなのです。お酒も入っていました。

けれど、どんな事情があっても、親が子に体罰を加えてはいけないのです。病院にかかったことで、お医者さんが児童相談所に通報し、日ごろから虐待していたことが発覚、詩穂はパパから引き離されてしまいました。

詩穂は児童養護施設に入りました。小学校も替わりました。なのにどこからどうやって情報が漏れたのか、施設から通っていることが学校じゅうに広まり、ここでも身の置きどころがなくなってしまいました。

学校が嫌になり、登校できない日が続いても、施設の先生の助けを受け、勉強は怠りませんでした。自分ががんばっているところを見せれば、パパの心を揺り動かし、また一緒に暮らせるようになると信じたのです。ものすごくがんばれば、それがテレパシーのように、どこかの空の下にいるママに伝わり、帰ってきてくれるような気もしました。何も伝わりませんでした。

パパが離婚の手続きを取ったのです。旦那さんや奥さんが失踪して三年が過ぎれば、相手の同意がなくても離婚できる決まりなのだそうです。それだけでもびっくりなのに、パパはすぐにほかの女の人と再婚、家を売り払い、彼女の実家がある遠くの土地に引越していったのですから、詩穂はショックを通り越して、ただただ呆然とするしかありませんでした。

ようやく涙が出てきたころ、詩穂はママの実家に引き取られました。けれどおばあちゃんはおじいちゃんの介護に手一杯で、形ばかり親代わりとなっただけで、詩穂は結局それまでどおり施設で暮らすことになりました。

涙が乾くと、腹立たしくなり、そして詩穂は自暴自棄になりました。中学三年生で高校進学を目指して勉強していたのですが、もうどうでもよくなりました。

門限を破っては叱られ、喫煙が見つかっては指導され、万引きで補導されては諭されを繰り返したすえ、詩穂は施設を脱走しました。

集団暴走、飲酒、同棲、DV、置き引き、補導、児相送還、脱走、援交、自傷、同棲、妊娠、中絶、薬物、DV、恐喝、結婚、妊娠、出産、虐待、離婚、ネグレクト、養護施設、自傷――下り坂は急で、止まることはできませんでした。

自分の人生は悪夢のようだと詩穂は思います。人生を語るには若すぎますが、そんな短い時間で、普通の人の一生ぶん以上のひどい目に遭っているのです。

そう、これはきっと悪い夢なのです。沸き立って形を変え、摑もうとすると消えてしまう湯気のように、今ある世界は幻に決まっています。

だから詩穂は、夢から覚めるために手首にカミソリをあてます。悪い血とともに悪い夢が流れ出し、あとに残ったきれいな血が現実に連れ戻してくれるに違いありません。そこには、やさしいパパと料理上手のママが待っているのです。

どろっと黒ずんだ血が幾筋もしたたり落ちました。けれど、パパもママも現われませんでした。そうか、夢の中で夢を見ているのねと、詩穂はもう一度手首を切りました。

詩穂の手首は今では、左右とも、バーコードのようになっています。それだけリストカットを繰り返しても、穏やかで笑顔に満ちた日々に戻ることができず、今日もカミソリを握ります。

「夢から覚めるの、夢から覚めるの、夢から覚めるの」

呪文のように繰り返しながら、赤黒い筋で汚れた腕で自分の肩を抱き、詩穂は浴槽の底に沈んでいきます。やがてそのつぶやきが赤い泡となって水中を漂い、浮かび、はじけて、消えます。

間宵の母

肉厚でつややかな、チューリップの花弁を思わせる唇が、春の訪れに誘われてほころびるように、上下に小さく開いた。

「あのクソアマ、ボコボコにしてやりてぇ」

卵のような輪郭に、つるんとした白い肌、細く尖った眉、エクステいらずの長く密生した睫、二重の瞼につぶらな瞳、控えめな鼻筋と小鼻、天使の輪をいただいた黒髪――好みは別にして、彼女を美人と称することに異を唱える者はいないだろう。

「地面に這いつくばったところを、ヒールでグリグリしてやりてぇ」

摂津夏純は端整な顔を崩すことなく、汚れた言葉を吐き散らす。

「体育館の裏に呼び出してやろうか?」

八塚元彦は追い越し車線を気にしながら助手席にちらと目をやった。

「中学生かよ」

「中学の時にはやってたんだ」

「たとえだよ、たとえ」

夏純は右腕を運転席に伸ばし、元彦の二の腕をつねる。

「じゃあ、トイレでシメる？　個室に閉じ込めて根性焼き、または腹パン」

「そういうのも高校まで」

スマートにいじめるのが大人の流儀なのかよと元彦は思ったが、もちろん口にはできない。

間宵紗江子の何が気に入らないのかと元彦は尋ねてみたことがある。夏純はそれに、

「全部」と答えた。

大学入学直後の学科オリエンテーションで、夏純の前の席に瘦せぎすの女子が坐った。引っ詰めにした髪を縛るのは黒いゴムで、束ねた先は肉眼でわかるほど枝毛になっていた。深緑のジャケットの襟元(えりもと)は粉雪が積もったように雲脂(ふけ)でうっすら白くなっていた。その後ろ姿で夏純の彼女に対する印象が固まった。

間宵紗江子はいつも引っ詰めで、いつも化粧っ気がなく、リングもピアスもしていなかった。ネイルはポリッシュやチップで飾られていないどころか、爪の先が遊び盛りの男の子のように黒く汚れていた。週末も週明けも学外実習の時もプルオーバーのウインドブレーカーにジーパンの組み合わせで、ソールが極端に片減りしたスニーカーを履き、持ち手が垢じみたトートバッグを辛抱強く使っていた。そういう貧相で無頓着なところ

が夏純の癇にさわった。

間宵紗江子は誰も坐ろうとしない最前列で講義を受け、終了すると、誰とも喋らずに教室を移動する。学食の片隅で自宅から持ってきた弁当箱を開け、サークル活動をすることなく、同級生とカフェに立ち寄ることもなく、家路につく。その、独りぼっちであることを恥ずかしく思わない神経が、夏純は腹立たしくてたまらなかった。その気持ちはやがて、見える形で対象に突きつけられた。

教官からの配布物を彼女にだけ渡さない。一緒に出してあげると出席票を取りあげ、破棄する。勉強の質問をするふりをして注意を惹きつけておき、弁当箱の蓋を開け、バッグの中を汁びたしにする。体育の授業の際、着替えを隠す。トイレに掃除中の札を出して入らせず、別のトイレに向かったらそちらにも先回りして掃除中の札を出す。傘立ての傘を持ち去ったあと、彼女が歩いている横を自転車で猛スピードで走り抜け、水しぶきを引っかける。

夏純はいっさい手を出さない。「あの女、ムカつく」と彼女がつぶやくと、それを近くで耳にした取り巻きが、学校関係の裏サイトに〈さえこ aka させこ〉と紗江子を笑い物にする書き込みを行なうのである。

取り巻きは性別を問わなかった。活発で華やか、流行にさとい夏純は女子たちのあこがれでもあり、彼女の周りにはいつも笑いが絶えなかった。夏純のお気に入りの音楽はみんなのお気に入りであり、嫌いな芸能人はみんなで叩き合った。女王様の目の上の瘤は、信奉者にとっても目ざわりな存在だった。

男どもには下心もあった。

美貌の持ち主でも、それを鼻にかけていたり取り澄ましていたりすると、たんにきれいな物体として鑑賞の対象になるだけだが、夏純はあけすけで人なつっこく、愛らしさに満ちていた。無防備なほど大きな声で笑い、肩を叩いてきた。嬉しい時には両手を挙げて駆け寄ってきてハイタッチ、そしてハグ。がっかりした時には、唇を尖らせ、相手の頰を人さし指の先でつつく。アルコールが入ると、「おんぶー!」と背中に飛び乗った。

これらのボディタッチに、うぶな男子学生どもは骨抜きにされた。

学食のランチがしょっぱかったとぽつりと漏らせば、ペットボトルの飲料水を買ってきて差し出す。戦後史の単位を落としそうと嘆かれたら、対策をノートにまとめて渡す。誰それというアーティストについて嬉々として語っていたら、八方手をつくしてライブのプラチナチケットを手に入れる。あの女ムカつくと般若の形相に変貌すると、間宵紗江子の名前で学部長の部屋に寿司五十人前を注文する。

ミスキャンパスに気に入られたいという一心から、彼女の気持ちを推し量り、勝手に動くのである。

しかし女王様は下僕より一枚も二枚も上手で、ハグはしても唇は近づけない。食事の誘いには応じるが、女友達も連れてくる。車の助手席に坐り、運転手の腕を引っ張ったり髪をくしゃくしゃしたりするが、目的地に着いたらさっさとシートベルトをはずし、ありがとう助かったと、投げキッスで立ち去る。

最後の例は、まさに今の元彦である。こうやって車で送っているが、もう五分もすれば彼女のマンションに着き、はいさよならまたあしたで終わってしまうのだ。お茶を飲んでいかないかと誘われることはない。こちらから、水を一杯ちょうだいと頼むと、玄関先で待たされ、ペットボトルを渡される。

自分はタクシー代わりなのかもしれないと、元彦はしばしば思う。摂津夏純は男の下心を巧みに操り、いいように利用しているだけなのだ。しかし、こうして二人きりの場面が訪れると、元彦はオキシトシンに満たされ、彼女の本心などどうでもよくなる。

それに、自分が女王様争奪戦から撤退したのち、取り巻きの誰かが彼女をものにしたらどうする。昏迷して学校に出ていけなくなってしまう。ほかの連中もそう思っているに違いなく、互いに牽制し、抜け駆けを狙っているのである。

「あー、ムカつくムカつく」

助手席の夏純は人の車のダッシュボードをコンガのように叩く。彼女は、取り巻きたちの滑稽なチキンレースを知っているのだろうか。わかったうえで見物して楽しんでいるに違いない。

「あんまりいらついてると、人相が悪くなっちゃうぞー」

心の内は決して表に出さず、元彦は軽やかに応じる。

「これがムカつかずにいられるかってーの。横に乗ってたんだぞ」

いま夏純がおかんむりなのは、一昨日の晩、間宵紗江子が近間教授の車の助手席に乗っていたという噂に関してだった。

「ガセっぽいけどねえ。夜、外から車内の様子が見える？　ルームランプがついていれば別だけど、普通つけて走らないよね。助手席の人影は見えても、顔貌の見分けはどうかなあ。髪がアフロとか鼻がピノキオのように長いとかいう極端な特徴がないかぎり、人物の特定は無理くない？　それに、目撃したの、佐伯だよね？　あいつ、ものすごい近眼って知ってた？　見映えが悪いから眼鏡をかけていないんだ。目に異物を入れるのは怖いって、コンタクトもしてない」

「何でクソアマの肩持つんだよ」

夏純が頬を膨らます。

「客観的な意見を述べているだけだよ。不確かな情報に不愉快な思いをするのは損だと思う。実は嘘でしたとなったら、ムカついていた時間が無駄になるじゃん。時間はなるべく楽しいことに使おう、って感じ」

彼女の癇にさわらないよう、元彦は慎重に言葉を選ぶ。

「つーかさぁ、そういう勘違いが起きたこと自体、あの女のせいじゃん。あいつが最近、近間さんの周りをうろちょろしてるから、佐伯君が早とちりしちゃった」

「それは、まあ」

「だいたい、ゼミ生でもない二年生の分際で教授の部屋に出入りして、資料収集にデータ解析、プレゼンのスライド作成って、いったいどういうつもり？　露骨な点数稼ぎじゃないの。試験も卒論も就職も有利に運ぼうって魂胆。あー、ヤだヤだ」

夏純はミントタブレットのケースを振って二、三粒まとめて口の中に放り込み、盛大に音を立てて齧る。

「カスミンも手伝いにいけば？」

「あたし、そんなゲスい人間じゃないし」

夏純が肘鉄を飛ばす。

「だったら、気にしないでおくしかないじゃん」

元彦は心地よい痛みの残った脇腹をさする。

「一度知ってしまったことを気にしないなんて、できっこないじゃん。あたし、そんなにメンタル強くないし」

「でも、気にして気分が悪いのなら、気にしないようにするしかないじゃん」

「もー、あんな女、死んじゃえばいいのに」

夏純はまたミントタブレットをまとめて口に放り込む。おいおいとたしなめながら、自分にもちょうだいと、元彦は助手席に左手を差し出す。

「車に轢(ひ)かれるとか、通り魔に襲われるとか」

「よしなさいって」

「じゃあ命は助けたげる。そのへんの不良どもに拉致(らち)られて、死ぬほど怖い目に遭えばいい。ぐっちゃんぐっちゃんに犯されちゃえ。でもって、その様子がネットにアップされ、ショックで学校に来られなくなり、やがて退学――てな感じでお願いします、神様」

「しゃれにならないよ」

「願うのは勝手でしょ。とにかく、目ざわりだから、消えて」

夏純は顔の半分をぎゅっとしかめる。すぼめた唇がグロスでしっとり輝いている。淡いピンクの窪みに白いミントの粒が半分顔を覗かせる。引っ込んだかと思うと、また顔を覗かせる。唇と舌先が軟体動物のように動く。

「ホント、どうにかならないかなあ」

夏純はミントタブレットのケースを運転席に向かって差し出し、振り落とすのかと思って元彦が掌を上にして構えると、すっと引っこめ、自分の掌に一粒落とし、それをつまんで運転手の口元に持っていった。痺れのようなものが、足の裏からふくらはぎ、腿から下腹部、心臓と、元彦の体を駆けのぼってくる。

女王様のこういう行動が、男どもをまどわせるのだ。

キャンパスを出た時にはサングラスが必要だったのに、改札を出たら、空の色はすっかり褪(さ)めていた。中天に浮かんだ鱗(うろこ)状の雲が茜色に染まっているさまは、巨大な鯛(たい)をプロジェクターで投映したようにも見えた。

はるか前方の屏風のような山から吹きおろしてくる風もひんやりとしていて、羽織るものを持ってこなかったことを元彦は悔やんだが、走りはじめてからは、シャツを脱いでインナー一枚になりたい気分にかられていた。

元彦の十メートル前方を自転車が走っている。いわゆるママチャリで、髪を一つに束ねた女がハンドルを握っている。ダークグリーンのウインドブレーカーに白っぽくなったブルージーンズ――間宵紗江子である。

元彦は入学以来、女王様につくしてきた。すでに寝床に入っていても、呼び出されれば、送迎のために車を出した。人気ケーキ店の行列に炎天下並び、自分が選択していない講義のレポートの代筆をした。紗江子への嫌がらせで、彼女の傘を盗んだり根も葉もない噂を広めたりもした。

だが、一年が過ぎた今でも、夏純は元彦にとって遠い存在だった。会うたびに背中を叩いたり頬をつねったりしてくるが、手をつないで歩いてはくれず、彼の部屋への招待にも決して応じようとしない。

いいかげん脈がないからあきらめろと言い聞かせても、もっとがんばればなびいてくれるという思いをどうしても捨てきれない。なにより、ライバル全員が身近な人間というのが、元彦の焦燥感をかきたてる。

あるやつは、先ごろ夏純の自宅近くに引越した。偶然を装って駅やコンビニで声をかけるという、ストーカーまがいの行為を狙ってのことだとは想像に難くない。

いま自分が手を引いたら、このような輩(やから)にチャンスをみすみすくれてやることになってしまうという恐怖心がある。同じ学校に通っているので、一本のマフラーを巻いて歩いている姿を毎日見せつけられてしまう。逆に言えば、自分の贈り物を彼女の左手薬指にはめさせることができれば、王様の気分を味わうことができるのだ。

ここでチキンレースを降りたら、入学してからの一年余がまるで無駄になってしまう。さらに強く自己アピールをするよりないのである。

といって、じゃあ自分は彼女と同じマンションに引越してやれというのは二番煎じで効果が薄いだろうから、元彦は間宵紗江子に賭けることにした。女王様にとって目の上の瘤を切除する。まだ誰もなしえていないこれを達成できれば、一気に勝負を決められるかもしれない。

間宵紗江子は鋼の心の持ち主なのか、あるいは極度の鈍感なのか、電話番号やメールアドレスの交換を誰からも持ちかけられなくても、学食のテーブルに着いたらいっせいに席を立たれても、抗議もしなければ目を潤ませることもなかった。それが夏純をいっそういらつかせている。そのような強(したた)か者に痛みを感じさせ、退学もしくは不登校に追い込むには、いったい何をすればいいのか？

何を仕掛けるにしても、対象者についてよく知る必要がある。好物がわかればそれで釣れるし、苦手がわかればそれを攻撃の手段にできる。けれど元彦は間宵紗江子について何も知らない。出身高校も趣味も家族構成も、どこに住んでいるのか、アルバイトをしているか否かも不明なのだ。同級生に尋ねても、ぼっちの情報は得られなかった。親の時代とは違い、学生の名簿も配布されていない。だから元彦は探偵のようなまねをしている。

午後の講義が終わると、間宵紗江子は近間ゼミには寄らず、キャンパスをあとにした。まっすぐ駅まで歩き、駅ビルで買物をしたりアルバイトしたりすることなく改札を通過した。そこからが長かった。電車を二回乗り換え、改札を出たのは、二時間以上あとのことだった。

長郷（ながさと）という、元彦も名前だけは知っている駅だった。一つしかない出口の前にはロータリーが広がり、三方向に伸びる道路の左右には商店が建ち並んでいた。しかしそのほとんどはシャッターをおろしており、街灯に結ばれた〈小町商店街〉という旗は破れ、人通りもなく、汚れたレジ袋が風に舞うさまなどは、西部劇の回転草（タンブルウイード）を思わせた。ロータリーのバス停も、ポールに錆（さび）が噴き出し、時刻表の文字がすっかり色褪せている。

駅舎を出た紗江子は隣接した駐輪場に入った。想定外の事態に、元彦は大いに焦った。しかしここで引いたら、短くない時間と安くない交通費が無駄になってしまう。元彦は覚悟を決めてスニーカーの紐を結び直した。

電車の乗車時間が、一時間、一時間半と延びるにしたがい、彼女は家に帰ろうとしているのではなく、何かの用事で遠方に向かっているのだと元彦は感じるようになった。

けれど降車した長郷駅に自転車が置いてあったことで、ここがいつも利用している駅であり、自宅に向かっているのだと考えをあらためた。

紗江子が漕ぐママチャリはとろとろしたものだったが、慢性運動不足と喫煙習慣を持つ身にとっては、ジョギング程度の走りでも、二、三分で息があがった。途中、彼女が買物に立ち寄ってくれなかったら、姿を見失ってしまったことだろう。

個人商店に近い小さなスーパーから出てきた彼女を、元彦はふたたびジョギングで追った。自転車は大通りから枝道に入り、畑や雑木林がちらほら残る住宅地の中を走っていく。戻った息はすぐに乱れはじめ、足取りもおぼつかなくなった。背中が少しずつ小さくなっていく。ダークグリーンのウインドブレーカーの黒みがどんどん強くなり、夕闇に呑まれていく。

これまでかとあきらめ、立ち止まって両膝に手を当てた時、悲鳴のようなブレーキ音が届いてきた。五十メートルほど前方に、自転車を押して民家のガレージに消えていくシルエットが見えた。息が整うのを待ち、元彦は彼女が入っていった家に歩んでいった。

一つ手前の家の前まで行ったところで、元彦は小さな違和感をおぼえた。その家と向こうの家、つまり紗江子が入っていった家との間の塀が、尋常でなく高いのだ。二階の窓まで達するかというほどなのである。道路に面した塀は、どちらの家も、せいぜい一メートル半なのに、両家を隔てる壁は、その三倍もある。隣どうし仲が悪いのだろうか。

俗な想像をしながら両家を見較べていた元彦は、向こうの家の道路側の塀にポスターが貼られていることに気づいた。一枚二枚ではない。塀全体を覆いつくしている。ポスターの掲示を特定の政治思想によらず許可し、しかも古いものをいつになっても剝がさないため、塀がポスターだらけになっている家をときどき見かける。ここもそうなのだなと元彦は近づいていき、そして目を見張った。ポスターはいずれもずいぶん前に貼られたものらしく、ところどころ破れ、褪色が進んでいたが、内容は十分読み取れた。

男性のバストアップの写真が中心に置かれていた。政治家ではない。髪の長い優男(やさおとこ)である。ポスターの上部には〈尋ね人〉と大きくあり、下部には〈間宵夢之丞　二十六歳　一七八センチ　お心当たりのある方は長郷警察署まで〉とあった。

この尋ね人のポスターが塀を覆いつくしていた。同じ顔が、アンディ・ウォーホルのシルクスクリーン作品のように、何列何段も並んでいたのだ。ポスターは、先ほど紗江子が自転車を押して入っていったガレージのシャッターにも貼ってあった。

いや、よく見ると、中に一枚だけ別のポスターがあった。こちらに使われているのは中年女性の写真なのだが、彼女の顔にかぶって〈WANTED!〉と斜めに入っていた。名前や年齢の説明はない。その代わり、余白に細かな文字が書き込まれていた。印刷ではなく、油性マジックによる手書きである。経年変化により読み取りは困難で、〈誘惑〉や〈泥棒猫〉といった単語がかろうじて拾えた。

間宵紗江子と間宵夢之丞、そして名なしの女性の間柄を想像する暇もなく、元彦の心を奪う別のものが現われた。

門扉の頂上は塀より一段低くなっており、上から庭の一部を覗くことができたのだが、そこは一面の草地だった。芝生ではない。どう見ても園芸植物ではない。雑草は、ところによっては腰ほどの高さまで伸びており、ところどころに、バケツやホースリールが、不法投棄されたように沈んでいた。

雑草の海の先にある玄関にも目を見張らされた。ドアにべたべた紙が貼られていたのだ。塀に貼ってある尋ね人のポスターとは違う。それよりずっと小さな紙で、薄闇に目を凝らすと、どの紙片にも異形の姿が描かれていた。

全身は黒く、頭に触角のような二本の角があり、つぶらな瞳は白く、骨と皮に痩せ、悪魔か鬼か、あるいは昆虫人間にも見えるそれは、角大師(つのだいし)ではないか。その昔、鬼の姿に化けて疫病神を追い払った高僧で、厄除け大師などで配る魔除けの護符に刷られている。

元彦の母の田舎はお大師さんを中心にひらけた町で、家々の玄関先や門柱にこういう護符が貼られていた。幼いころは、目が合ったら取って食われるのではないかと、いつもうつむきかげんに通りを歩いたものだ。どの世帯でも、貼ってある護符は一枚きりだった。年があらたまったら、旧年中は厄難に遭うことなく過ごすことができありがとうございましたとお大師さんに返納し、どうかこれからの一年もお守りくださいと新しい護符を貼る。年ごとの貼り替えなのだ。

ところがこの家の玄関ドアには、鏡板が見えなくなるほど重ね貼りされていた。まるで千社札におおわれた楼門である。こんな家は、少なくとも元彦の母の田舎では見たことがない。

この家は何を恐れているのだ?

向こう側の隣家との間の塀も二階までの高さがあった。石塀の上に金属製のフェンスが増築されているように見えた。

いったいこの家で何が起きたというのだ?

門柱には御影石の表札が埋め込まれており、〈間宵〉と浮き彫りにされている。間宵紗江子の家に間違いない。

元彦は気になってならなかったが、しかし門を入っていって紗江子に尋ねるわけにはいかない。同じクラスだが一度も口をきいたことのない間柄だし、だいいち、キャンパスから遠く離れたこの場所にいる理由をどう説明する。

門の前を行ったり来たりし、立ち止まっては門扉の向こうに目をやりをしばらく繰り返したのち、元彦は手前の家のインターホンを押した。

「お隣、間宵さんのことでお話を伺いたいのですが」

「夕飯のしたくで忙しいので」

反対側のお隣さんにも、

「つきあいがありません」

と断わられた。

まるでかかわりを避けるかのような態度に、元彦はますますこの家への興味が膨らんだ。

向かいの家でも、けんもほろろな応対をされたあと、元彦は道を戻った。少し手前に何かの店があった記憶があった。

三叉路のところに、酒店の看板を掲げる木造の商家があった。コンビニエンスストアへ衣替えしていない、昔ながらの酒屋である。入口のガラス戸の向こうは暗かったが、前に立つと、センサーが反応して開いた。

建物は古かったが、入口だけでなく、冷蔵ケースも現代的なものにあらためられていた。元彦は缶チューハイを二つ取ってレジに持っていった。レジ台は年季の入った木の机である。

「向こうに、尋ね人のポスターが貼ってあるお宅がありますよね」

財布を開きながら元彦が尋ねると、二代目か三代目らしき中年の男は、おまえは何者だというように眉を寄せた。

「仕事ではじめてこっちの方に来て、たまたまあのポスターが目に入ったんですけど、胸が痛くて。僕にも行方不明の家族がいるので、他人事じゃなくて。うちの場合は借金だったんですけど、あそこのお宅は何があったんですかね」

ボタニカル柄のシャツにジーパンにスニーカーという仕事感ゼロの恰好でのアドリブ

だったが、通用した。店主はぼそりとつぶやいた。

「愛欲は地獄の門と人の言う」

「はい？」

「駆け落ちというのは、小説や映画の中だけの出来事だと思っていましたよ」

「駆け落ち？　ポスターの男の人がですか？　あの人がご主人？」

「ええ」

「相手は〈WANTED！〉の女の人？」

「ええ」

「いつのことなんですか？　ポスターはずいぶん古いみたいですけど」

「もう十年になりますか。あんなのをべたべた貼って、せっかくの大谷石が泣いている」

「十年……」

元彦は本音の驚きと演技とが相半ばした溜め息をついた。

「子供も成人してしまったよ」

店主も溜め息をつく。

「小さな子がいたのに駆け落ちしたんですか」

間宵紗江子が小学校の三、四年生のころだろうか。

「愛情がなかったから、ためらいがなかったんでしょう」

「愛情がない？」

「奥さんの連れ子だから」

「えっ？　大学生の娘さんも連れ子なんですか？」

「あそこの子供は彼女一人だけど。ん？　お知り合い？」

「あ、いえ、なんか大学生くらいの子がいるような気がしただけで……」

うまくごまかせたか不安で、元彦は釣りを受け取ると、逃げるように店を出た。狼狽は足にも伝わり、不自然なほどの早歩きで駅に向かったのだが、酒屋から百メートル、二百メートルと離れるにしたがい歩みが遅くなり、やがて止まった。

間宵紗江子について探るためにやってきた。自宅を突き止めた。いわくありげな家だった。いわくの一端が語られた。満足がいった？　ここで打ち切ったら何の成果もないことと一緒ではないのか。

紗江子が帰宅途中に立ち寄ったスーパーの並びに寿司屋があった。駅から距離があり、繁華街でもなく、完全に地元民限定の店で、とてもよそ者が、しかも二十歳の小僧が一見で入れる雰囲気ではなかったが、ではスーパーの買物客をつかまえて質問できるのか想像してみると、こちらのハードルも相当高い。

元彦は先ほど買った缶チューハイを飲みながら界隈を歩き、酒精の力で気が大きくなってきたところで寿司屋の暖簾をくぐった。店構えからして、会計に困ることはないだろうと踏んだ。

案の定、「いらっしゃい」のあと、値踏みするような大将の視線が突き刺さった。元彦は、日帰り出張で来たのだが腹が減ったから食べて帰ることにしたなどと言いながらカウンター席に坐り、並のにぎりと日本酒を注文した。

熱燗をやりながら、当地の名所や名物を大将やおかみさんに尋ね、心安い若者であることをアピールしたのち、「たまたま見かけた」尋ね人のポスターについて切り出した。

間宵宅とは五百メートルほど離れていたが、主人の失踪についてはここまで届いていた。

「前はよく出前に行ったんだけどねえ」

鯛の身を削ぎながら、大将は溜め息をついた。

「人の心はお金じゃ買えないのよ」

おかみさんは憎々しげに吐き捨てた。元彦は、どういうことなのかと尋ねるように、彼女に顔を向けた。

「あそこの奥さん、旦那をお金で買ったの」

「えっ?」

「己代子さんはマネキンの女社長でお金持ちだったから」

「人形の工場?」

「やあねえ、デパートで服を勧めてくるおねえさんや、スーパーで新製品のヨーグルトを試食させてくれるおばちゃん、ああいう販売員さんのことをマネキンって言うのよ。間宵さんはマネキンの派遣会社を経営していたの」

「旦那さんをお金で買うというのは?」

無智を塗り隠すように元彦は早口で尋ねた。

「東京の定宿のベルボーイを見初めて、一生わたしが食べさせてあげると猛烈にアタックしたの。彼は彼で、遊んで暮らせてラッキーと、寄生するように婿に入った。でも、長くは続かなかった。嫁はふた回りも歳上よ。姉さん女房なんてもんじゃない、母親じゃないの。しかも子持ち。われに返ったら、逃げるわよね」

「奥さんは再婚だったんですか」

「結婚はしてなかったみたい」

「未婚の母?」

「会社を興すノウハウを得たり、資金を調達したりするために、いろんな殿方と親密になって、いろいろあったんでしょうよ。お相手が妻帯者だったら、結婚できないわよね」

おかみさんは笑いながら奥に引っ込んでいった。

「〈WANTED!〉の女の人が駆け落ちの相手なんですよね? 近所の方なんですか?」

元彦は大将に尋ねた。大将は掌でしゃりを転がしながらうなずいて、

「子供どうしが同級生だったんだっけ?」

と、奥に向かって声をかける。そうよと返事が届く。

間宵紗江子は婚外子で、札束に釣られて父となった人に愛情を望むべくもなく、あまつさえ彼は同級生の母親と駆け落ち――想像を絶する身の上に、元彦は頭がついていかない。

「おにいさん、ポスター見たんだろう？　あの旦那、なかなかの男前だったろう？　おにいさんには負けるが」

寒い冗談とともに、元彦の前の寿司下駄に鯛のにぎりが置かれた。

「このあたりじゃお目にかかれないハンサムだ。だもんで、おかあさんたちの間ではちょっとしたアイドルよ。お茶や食事に誘う積極的なおかあさんもいた。その一方で彼は子供たちにも人気があって、ゲームやらで遊んでやっていたから、『いいおにいさん』で通っていたんだが、とんだ食わせ者だったと。子供たちを手なずけながら、実は母親のほうを物色していたわけさ」

歳上女房の継子の同級生の母親は、親子ほど違わないにしても、やはり歳上だろう。夢之丞という人には歳上好みの資質があり、間宵己代子の求婚に応じたのは、金に釣られただけではないのかもしれないと元彦は思った。

「旦那は奥さんのことを愛していなかったから、あっさりよその女に乗り換えたわけだけど、奥さんは旦那を愛していたのよね」

おかみさんが奥から戻ってきて、元彦の前に吸い物の椀を置いた。

「一目惚れして、猛アタックして、自分のものにした。なのにある日突然ドロンでしょう。そりゃ、おかしくもなるわよ」

　前夜捜索願を出したばかりなのに、何か情報は得られたかと警察に電話を入れる。毎日朝に晩に催促してもいっこうに進展がないと、自ら尋ね人のポスターを作った。現在では自宅の塀にしか残っていないが、当時は、駅の待合室、商店の中、住宅地の電柱と、町が間宵夢之丞の顔であふれかえっていたという。

　愛する家族を取り戻そうと必死なのだろうなと、ここまではまだ周囲も理解していた。しかし間宵己代子は、駆け落ちの相手方の家に押しかけては、おまえが甲斐性なしだから女房が雌猫になったんだと主人を責め立て、西崎早苗は高橋お伝や樽屋おせんに比肩する悪女であると町内にふれまわった。それを警察にとがめられると、自宅に引きこもり、経文とも呪文ともつかぬものを唱えるようになった。

「朝早くから夜中まで、鉦や太鼓を鳴らしながら」

　途中で店に入ってきた常連らしき初老の男性客も話に加わっていた。

「それと、お香。もうもうと焚いて、道路まで漂ってくる。お隣さんはたまらないわ。せめてごはんどきだけはやめてくださいと頼んでも、聞いちゃくれない。神にもすがりたくなる気持ちがわからないでもないので、事情を酌んで耐えていたら、庭に出て目が合っただけで、言いたいことがあるならはっきりおっしゃい、わたしのことをいかれた女と思ってるんでしょうと嚙みついてくる」

　おかみさんが太り肉（ふとりじし）の身をぶるっと縮める。

「両隣との間の塀が異常に高かっただろう？　通りからは見えないが、裏のお宅との間の塀も同じように高い。あれはトラブルを避けるためさ。顔を合わせずにすむし、音や臭いも、ある程度ブロックできる」

「塀を増築したのは、間宵さんではなく、お隣さんだったんですか」

元彦は常連さんの方を向く。

「増築というか、大谷石の塀はあっちの家のものだから、勝手に建て増すわけにはいかず、お隣さんが自分の敷地の中に石塀に沿ってフェンスを建てたんだよ。迷惑をこうむっているほうが犠牲を払わなければならないというんだから、なんとも理不尽な話だわな」

「さっき通りかかった時には、お経は聞こえなかったし、お香の臭いもしなかったような。今日は仕事で留守だったんですかね」

「仕事なんかやっちゃいないよ」

「マネキンの社長は？」

「会社はとうに人手に渡ってる。仕事そっちのけでポスターを貼って回ったり念仏を唱えたりじゃあ、解任されて当然だろう」

「お経やお香は、だいぶん前にやめてるわ」

と、おかみさん。

「ご近所に配慮してじゃなくって、神様仏様にすがっても無駄とわかったんでしょう。

もう十年よ。ある意味力つきたのね」

やりきれないように首を振る。

「けど、今でも、なんだかんだもめてんだろ?」

軍艦にイクラを載せる手を休めて大将が言う。常連さんが応じる。

「二階の窓から物干し竿を伸ばしてフェンスを叩いたり、回覧板を破り捨てたり、ゴミ出しのルールを無視したり。庭はあんなに草ぼうぼうだし、旦那に逃げられたショックでおかしくなっちゃったのはたしかだな」

「かわいそうなのは子供よね」

おかみさんがぽつりと言った。常連さんがうなずく。

「あんな母親のそばにいて、よく普通に育ったよ。普通どころか、ダメな親に代わって家事もしている。大学に入れるだけの勉強をしてな」

「授業料はだいじょうぶなのかね」

大将が言う。

「社長をおろされたけど、役員として名前は残っているらしいから、なにがしかの報酬があるんだろうよ」

「遠距離通学で、定期代も相当なものだ。今どきの卒業旅行は海外なんだろう? 就活のスーツも必要じゃないか」

「奨学金を受けているのかもな」

「返済はだいじょうぶなのかね。首が回らなくなると聞くが」

大将は溜め息をつく。おかみさんがすかさず言った。

「あんたはうちの店の心配をなさい」

間宵紗江子の家がわかった。通学経路がわかった。家族構成がわかった。生い立ちもわかった。

化粧をせず、いつも同じ服を着ているのは、経済的な問題からなのだ。遠距離通学をしているのは、母親を一人にしておけないからだ。人と距離を取っているのは、友達になったら身辺を語らなければならなくなるからだ。どれほどの嫌がらせを受けてもひるまないのは、もっと過酷な人生を送ってきたからなのだ。

自分もふくめ、同年代の若者とはかけ離れたありさまに、元彦は圧倒された。寿司屋で話を聞きながら、何度息を詰めたことか。しかし彼にとっては、薄幸な女子に同情を寄せるより、女王様を満足させることのほうが重要だった。

一日置いた金曜日の一限開始前、現代経済概論の大教室を覗き、最前列にぽつんと坐る引っ詰めの女子を確認した元彦は、自分は講義には出ず、ふたたび二時間の電車旅に出た。

間宵紗江子の中で母親の占める割合は非常に大きい。母親に何かを仕掛けることで、娘にもダメージを与えることができるかもしれない。この一年、紗江子本人にあれこれ仕掛けてきたが、いずれも不発に終わっている。目先を変えてみる価値はある。

具体的な方策はまだない。間宵己代子については酒屋と寿司屋でかなり情報を得られたが、それはただの伝聞である。実際にはどういう人物なのか、体格や行動様式をこの目で確かめる必要がある。それとは別に、話があまりに衝撃的だったため、本人を一目見てみたいという単純な興味も半分あった。

異様なポスターに囲まれた家に到着したのは昼前のことだった。母親が一人であったほうが都合がよいので、娘が大学に行っている間を狙った。

元彦は近くの電柱の陰に身をひそめるようにして、塀の向こうの二階屋に注意をはらった。

窓は閉じられている。一階の窓には雨戸がたてられている。念仏や鉦太鼓の音のようなものは聞こえてこない。

元彦はいったんその場を離れ、近くを一周して戻ってきてから、あらためて間宵宅を観察した。人の姿は見られず、声も漏れてこない。二周目、三周目のあと様子を窺っても状況は変わらなかった。

元彦は電柱の陰から体を出すと、今度は時間潰しの散歩には行かず、プランBに切り替えた。

門扉の前で少しためらったが、門扉に手を伸ばしたら、あとは一気だった。鍵はかかっていなかった。門をスライドさせ、門扉を押し開け、コンクリートのアプローチを、雑草の海を割るようにして、玄関に向かってまっすぐ歩いていく。

魔除けで覆いつくされた玄関ドアは、間近で見ると圧倒的な迫力で、魔物はともかく、押し売りや宗教の勧誘を退散させる効果は十分ありそうだった。角大師の絵柄が一枚一枚微妙に異なっているので、ほうぼうの寺社に足を運んで集めたものと思われた。

護符にひるむことなく、元彦は玄関チャイムを押した。しばらく待ったが、中から応答はなかった。もう一度ボタンを押したあと耳をすますと、故障しているようで、中でチャイムが鳴っているようではなかった。

元彦はドアを控えめにノックした。応答がなかったので、少し強めに叩いた。

「間宵さん？　ごめんください。間宵さん？」

呼びかけながら叩き続けていると、やがて声が返ってきた。

「うるさい」

しゃがれ気味の女声だ。

「消防署のほうから点検にまいりました。火災報知器の作動と消火器の有効期限を確認します」

元彦は用意してきた文言を並べた。作業用品店で買い求めた、それらしきジャンパーも着ている。

「うるさい」

「ひと月前にお知らせのちらしをお配りしておりますが。法令に基づいた定期点検です。

すべての世帯に義務があります。開けてください」

「うるさい！　帰れ！　帰れ！」

家にあげてもらえないにしても玄関先で一目姿を見ることができるかも、と考えての作戦だったのだが、とりつく島もない。

元彦は玄関を離れた。電柱の陰で根気よく張り込み、買物や郵便物の取り込みで家の中から出てくるのを待つしかない。

門を出ようとしたところでプランＣが閃いた。元彦は雑草の海を掻き分けて建物の横手に回った。どこかの窓から室内を覗けないかと思ったのだ。

テラスに面した掃き出し窓には雨戸がたてられていたが、雨戸と雨戸の間が三センチほど空いているところがあり、そこから覗けないかと近づいた時だった。雨戸のすぐ向こうで騒々しい音が鳴り響いた。

見つかってしまったのかと、元彦は反射的に腰を落とした。一秒、二秒――雨戸は開かなかった。中腰のまま後退し、雑草の中に半身を隠して推移を見守った。

ドアが勢いよく開閉する音がした。元彦はもう一段階身を沈め、音がした方に目をやった。

玄関から人影が飛び出してきた。元彦は首を引っこめて四つん這いになった。人影は元彦には見向きもせず、サンダルの音を盛大に響かせてアプローチを駆け抜け、そのまま門から出ていった。元彦が安堵の息をついていると、高い塀の向こうで声がした。

「ドンドンドン、うるさいんだよ！　ドンドンドンドン、迷惑なんだよ！」

しゃがれた女声だ。「ドンドンドンドン」と擬音を口にしながら、自らもドアを叩いている。

「こっちは忙しいのっ。名前を書いて、思い出して、数を数えて、お参りをして、警察に電話して、味噌もかき混ぜなくっちゃ。ドンドンドンドン、うるさいんだよ！　ドンドンドンドン、迷惑なんだよ！」

女はわめきながらドアを叩き続ける。留守なのか居留守なのか、隣家の中から反応はない。

「宇佐美！　出てこい！　出てきて謝れ！」

女はなおわめきながらドアを叩き続け、二、三分もそうしていただろうか、ようやくあきらめがついたらしく、突然おとなしくなった。

この女が間宵紗江子の母親なのか。消防点検と称しての訪問を、お隣さんによるものだと勘違いしたのだろうが、想像していた以上の壊れっぷりだ。驚きと恐怖がないまぜになった気分で元彦が呆然としていると、先ほどとは違う方向から声があがった。

「ドンドンドンドン、うるさいんだよ！　ドンドンドンドン、迷惑なんだよ！」

標的を反対側のお隣さんに変えた模様だった。

「宮坂！　おまえだってわかってんだよ！　出てこい！　謝れ！」

宇佐美さんへの抗議と同じで、女はわめきながらドアを叩く。先ほどとは違い、今度はすぐに反応があった。

「間宵さん、そんなに大きな声を出されなくても聞こえてますよ。何のご用でしょう?」

「だーかーらー、ドンドンドンドン、うるさいんだよ! こっちはいろいろ忙しいんだから、じゃますんな」

「私は何もしておりませんよ」

「嘘つけ。ドンドンドンドンドン叩いただろうが」

その言葉にかぶってドアを叩く音がするので、宮坂さんは玄関ドアを閉ざしたまま応対していると思われた。

「本当です、私は訪ねていません。そんなことより間宵さん、お宅の庭、少し手入れされてはいかがです?」

「忙しいのっ。名前を書いておかないと、黙って持っていきやがるんだよ、どこかの泥棒猫が。あと、上申書も書いて、三度三度のお供えに、運動もしないと体がなまる。ノートの買い置きはあった? あー、忙しい忙しい、寝る暇もありゃしない」

「雑草の中に虫が巣を作っているようですよ。よく蚊柱が立っています。それがうちの方にも飛んできて、網戸にびっしり張りつくんですけど」

「お経! お経も彫らないと。仏説摩訶般若波羅蜜多心経観自在菩薩行深般若波羅蜜多時――」

「虫を目当てに鳥も集まってきています。外干しした洗濯物に糞がついちゃって。前はこんなことはなかったのに。ヘビもいるんじゃないですか？　放っておいたら危ないですよ」

「人が話している時には黙ってろ！」

「ご自身で草刈りするのが大変なら、シルバー人材センターに頼んではいかがです？　格安で請け負ってくれると聞きます」

「おまえはいつも私のじゃまをする！　何の恨みがあるんだ！」

ドアを蹴破って殴りかからんばかりの勢いだ。元彦は息を詰めて展開を見守った。だが、事態は想像とはまったく違う方向に動いた。

パタパタとサンダルが鳴る音が響いたかと思ったら、間宵宅の門から人影が入ってきて、家屋と棟続きになっているガレージに消えた。道に面したポスターだらけのシャッターとは別に、庭の側に小さなドアがあり、そこを開けて中に入った。

間宵己代子？　威勢がよかったわりにはずいぶんあっさり引きさがったなと元彦が拍子抜けしていると、開けっ放しだったガレージのドアから人が現われ出てきた。これまでと違い、そこで動きを止めたので、はじめて姿形をはっきりとらえることができた。

爆風の直撃を受けたように乱れた髪、青白い肌、落ち窪んだ両目、こけた頬、真っ赤な唇――鬼婆という言葉が浮かぶような恐ろしげな顔をしていたが、陽光の下で上下ピンクのパジャマというのはどこか滑稽で、化粧を落とさずに寝てしまい二日酔いで機嫌の悪い場末のスナックのママのような風情であった。

しかしおもしろがってはいられなかった。彼女の右手にはまがまがしいものが握られていた。短い木の棒の先で鈍く光る三日月形の鋼——草刈り鎌！　それで宮坂さんを襲おうというのか⁉

いやいや、そうではなかった。間宵己代子はポーチを降りると、その場にしゃがみ込み、右腕を回転するように動かした。庭の雑草を刈りはじめたのだ。

「盗っ人猛々しい。私の目は節穴じゃないぞ。この裏切り者めが。汝(なんじ)が招いた災いなのだ。己を恨め。われは生まれ変わる。風のまにまに流れる群千鳥」

わけのわからないことを口にしながら、左手で雑草をひとかたまり、首根っこを押さえるようにむんずと摑み、右手で鎌を猛然と振るう。ザクザクと音を立て、雑草が屍(しかばね)のように倒れていく。

「罪が罰を招くのではない、罰が罪なのだ。夜明けの夢は闇夜の残り香」

己代子は口も手もまったく休めない。両腕を高速で動かし、しゃがんだまま、前に、左右に移動する姿は、巨大なカマドウマのようであった。

草刈り機もかくばかりかという勢いでの作業により、玄関先のエリアがすっかり涼しくなると、己代子はこれまた録画映像の早見再生のような速度で、刈った草をひとところに集めはじめた。山ができたところでガレージに引っ込んだので、作業終了かと思ったところ、赤いポリ容器を引きずるようにして再登場し、容器の中身を草の山にぶちまけた。

灯油の臭いがした。己代子はマッチを擦って山に投げた。二本、三本と続けて火をつけ、山に投げ込んだ。

刈ったばかりの雑草は水分をふくんでいるため、油を撒いてもすぐには火はつかなかったが、山のところどころに新聞紙を突っ込み、マッチを次々と点火させて投げ込むと、やがて山はぶすぶす煙をあげはじめた。

己代子は口元を緩めた。笑いながら、火勢が増すのを煽るように、両手を上下に振りたてる。

「燃えろ、燃えろ、すべて燃えちまえ。地獄の業火で焼きつくせ」

そして己代子はふたたび鎌を握り、今度はテラス前の雑草に取りかかった。

「おぬし、たばかったな! 愛する者を奪われたこの悲しみ! 怒り! 恨み! 地獄に落ちて血の池で溶けてしまえ!」

元彦はあわてて雑草に身を隠し、四つん這いで後退した。隠れていることはとうにばれており、自分に向かっての啖呵なのではという不安にも襲われる。

裏手に回り、建物の陰から顔を出して様子を窺っていると、テラス前のエリアもみるみるあらわになっていく。このまま庭全体の雑草を刈ってしまうつもりなのか。

と、元彦の脳裏に一つの考えが花開いた。今こそ家の中を覗く絶好の機会ではないか。

元彦はカマドウマから逃げる方向に敷地を回り、雑草の山が煙をあげている玄関前に出た。ポーチにあがり、護符の結界を割ってドアノブに手をかけると、ビンゴ！ 抵抗なく回った。ドアを開け、中に入り、ドアを閉める。廊下にあがる。脱いだ靴は上着の懐に入れる。

あがったところにちょうどドアがあり、反射的にノブに手が伸びた。

トイレだった。足下にトイレットペーパーの芯が落ちていた。一つ二つではない。五十？ 百？ いや五百はあるか。トイレットペーパーの芯が床を埋めつくしていた。交換したあとゴミ箱まで持っていかなかったものが溜まりに溜まってこうなっているのだろうか。水平方向に広がって床を覆いつくしているだけでなく、垂直方向にも層をなしている。その黄土色の芯の海の真ん中に白い便器が浮かんだように存在している姿は前衛造形作家の手によるオブジェのようでもあったが、芯の一つ一つに注意すると、冗談を思う余裕が消えた。

文字のようなものがあるように見えたので一つ取りあげてみると、〈間宵夢之丞〉と手で書かれていた。別の一つにも〈間宵夢之丞〉とあった。何百とある芯すべてに夫の名前が入れられており、中には、〈持ち出し厳禁〉とか〈盗むな！ 見てるぞ！〉とか書き加えられているものもあった。

ぞっとして芯を手放した元彦は別の異状に気づいた。

便座に無数の傷が見られた。爪でちょっと引っ掻いたようなものではなく、錐のような道具を使ってつけられたようなくっきりとした傷だ。さらに目を凝らすと、ただ引っ掻いたのではなく、一定のルールにのっとって彫られているとわかった。

傷は「正」の形をしていた。無数の「正」の字が便座に刻まれていた。何かを数えて刻んだものなのか？　いったい何を数えているのだ？

もう十分だと元彦は思った。なのに体が勝手に動き、トイレのドアを閉めた次には、向かいの襖の引き手に手をかけていた。

こちらは座敷だった。雨戸がたてられ、弱々しい蛍光灯が灯っている。先ほど覗こうとした、テラスに面した部屋と思われた。

座敷だが、畳はほとんど見えなかった。皿、枕、電卓、タオル、マグカップ、雑誌、ぬいぐるみ、血圧計、シャツ、達磨、請求書、リモコン、定規、ペットボトル──さまざまなものが畳の上に散乱していた。その中心には炬燵があった。もうそんな季節ではないのに、炬燵蒲団もかけられている。大きなオブジェを小物が取り囲んでいるところは、なんとなくトイレと似ていた。

いや、なんとなくではなかった。敷居の近くにあったポケットティッシュを手に取ってみると、ポリエチレンのパッケージに〈間宵夢之丞〉と油性マジックで書かれていた。宅配ピザのメニューやスーパーのレシートにも〈間宵夢之丞〉と記されていた。ゴミ箱の側面にも夫の名前が見える。

床置きの物を踏まないよう注意しながら、元彦は部屋の中に足を踏み入れた。

雑誌の表紙にも、テレビのリモコンにも、湿布の袋にも、電話の子機にも、マグカップにも、コースターにも、CDのケースにも本体にも、それらが置かれた炬燵の天板にまで〈間宵夢之丞〉と記名されていた。フリルのついたハンカチ、花柄のポーチという、明らかに女物のグッズにも夫の名前があった。イヤホンの白いケーブルの一部が黒くなっていたので、まさかと思って手に取ってみると、それも極細のペンによる〈間宵夢之丞〉だった。〈カメラで二十四時間監視中〉〈窃盗は十年以下の懲役〉などと警告文を併記しているものもあった。文庫本にいたっては、書店のカバーに〈間宵夢之丞〉とあり、それを剝いだ本来のカバーには著者名に並んで〈間宵夢之丞〉とあり、その下の本体の表紙にも〈間宵夢之丞〉とあり、中をぱらぱら見ると、本文各ページの柱の横にも〈間宵夢之丞〉と書かれていた。

無数の〈間宵夢之丞〉が発する圧に、元彦は部屋の柱にもたれかかるようにして立ちつくした。そこにかかっているカレンダーにも〈間宵夢之丞〉と書かれている。カレンダーを留めているピンの頭にも。

短い金切り声が元彦を呪縛から解放した。

「うるさいわね！」

間宵己代子だ。家の外で叫んでいる。

「何度でも言います。今すぐ消してください」

別の女性の声がした。

「はあ？　そっちの言うとおりにしてやったのよ。感謝なさい」

「草刈りはお願いしましたが、燃やしてくださいとは言っていません」

宮坂さんのようだった。言葉の合間合間に咳をしている。煙に気づき、クレームをつけにきたのか。

「虫に困ってるというから焼き殺してあげてんのよ。気をきかせてるのに、どうして悪く言われなくちゃならないの」

「野焼きはしてはいけないことになっています。法律で決められています」

「ただの焚き火」

「焚き火も禁止です。今は、庭で焼き芋を焼くこともできなくなっています。法律で決まっています」

「法律法律うるさい！　自分ちの庭で何をしようが勝手でしょ！　ごきげんよう！」

元彦は体を強張らせた。己代子の声が徐々に大きくなったからだ。彼女がボリュームを上げているのではなく、こちらに近づいているような聞こえ方だった。家の中に戻ってこようとしている感じだった。

「逃げないでください。煙がお宅の庭にとどまっているのなら何も申しません。けれどこのあたり一帯に流れ出てしまうじゃないですか」

「ちょっと！　なに勝手に入ってくんだよ！　他人の家に無断で入るのは禁止だ。法律で決まってる」

「煙くて息ができません。目が痛くなります。洗濯物が汚れます」

「黙れ！　出てけ！　しっ、しっ！」

　家がきしむような乱暴な音がした。玄関ドアに体がぶつかったものと思われた。己代子はそこまで迫っているということだ。

　元彦は首を左右に動かした。まずやるべきは逃げ道の確保だと思って侵入したのだが、最初のドアの向こうにいきなり衝撃が待ちかまえていたため、退路のことなどすっかり忘れてしまっていた。

　座敷には掃き出し窓があるが、雨戸がたてられている。これを開けたら盛大な音がしてしまう。

「本当にお願いします。うちの子、喘息なんです」

「出ていけって言ってるだろっ！　帰れ！　帰れ！」

　ノブが回り、ドアが開く音がした。元彦の目に押入れの襖が映った。同時に彼は引き手に手を伸ばしていた。

　これが奇蹟というものなのか。押入れの下段に、ちょうど人一人が体を押し込めそうなスペースがあった。さらにしばらくの間、二人がドアを挟んで押し問答を繰り返してくれたことも元彦に味方した。

「やっと帰りやがったよ、しつけーババア。バカの相手は疲れる。今度来たら電子レンジに突っ込んでチンするぞ。さてさて、仕事だ仕事」

　間宵己代子が大きすぎる独り言を口にしながら座敷に入ってきた時には、元彦は押入れの中に体を入れ、襖を閉めるところまで完遂していた。

「しかし今日はどうもおかしい。リズムが狂っている。何の陰謀だ。誰の差し金だ。それともX30クラスの太陽フレアが発生したか」

独り言は間断なく続く。

元彦は板の上に正坐した状態で上半身を前に倒し、襖と柱の隙間に目を近づけた。ピンクのパジャマの背中が見えた。真後ろなのでだいじょうぶだろうと、五ミリほどだった隙間を、ゆっくりゆっくりゆっくり二センチぐらいにまで広げた。

「盗むな。私のだ。誰にも渡さない。わかっている。フクロウは千里の目を持つ。あいつのせいだ。ちくしょう。なんてことしてくれた。ゆるさない」

己代子は畳の上に散らばったものを左手で取っては炬燵の上に持っていき、右手を動かす。ぬいぐるみ、箸置き、スナック菓子のパッケージ——夫の名前を入れているのだろう。

「神はわれに道を示された。われは神のご意思をなす者なり。裏切りは千年の牢獄」

己代子はひたすら名前書きの作業を続ける。テレビはつけているが、見入って手がおろそかになることはない。

小一時間が過ぎ、己代子はようやくペンを置いた。坐ったままひとつ伸びをすると、電話の子機を取りあげ、耳に当てた。

「もしもし？　長郷警察署？　新町二丁目の間宵ですが、いつもお世話になっています。

夫の捜索はどうなっています？　どうして連絡をくれないんです。どんな小さな情報でも報告すると言ったじゃないですか。やる気あるの？　警察官って全国に三十万人くらいいるらしいじゃないの。三十万人が何してんのよ。それから、西崎早苗もかならず逮捕してくださいよ。あの女が夫をそそのかしたんですから。アルコ探偵社の調査によっても明らかです。密会の写真を提出したでしょう？　動かぬ証拠です。お願いしますよ。ああもういつも口だけなんだから。この税金泥棒が！　ガチャッ」

ダイヤルはせず、回線のつながっていない電話機に独りごちただけのようだった。なにしろ「ガチャッ」と口で言ったのだ。

「警察は無能。というか、やる気なし。絶対に真剣に捜していない。間宵夢之丞のことなんか、とっくに忘れている。しょせんは公務員、いくら成果をあげても俸給は上がらず、成果ゼロでも馘にはならず、市民のために粉骨砕身する意味がない」

電話を置いた己代子はふたたび名前書きの作業をはじめたが、今度はいくらもしないうちにペンを投げて立ちあがった。

「たれぞ知るや、この懊悩、この絶望、われは汝の罪を食う」

和歌のようなものを詠じ、それに合わせて体をあやしくくねらす。

「呪えど、呪えど、呪えど、呪い足らず、今日も呪うは、わが不明」

もう一首踊りながら詠じると、畳の上の〈間宵夢之丞〉をひょいひょい器用によけながら部屋を出ていった。

「一、二、三、四――」

リズミカルなかけ声に合わせて家がきしみをあげる。階段をのぼりおりしているようだったが、いったい何のための行動なのか、元彦には想像もつかなかった。

百四まで数えたあと、己代子は部屋に戻ってきて、畳に直置きしてあった甕（かめ）（名前入り）を抱え込んで坐った。灰釉（かいゆう）のかかった蓋（ふた）（同）を開け、竹篦（たけべら）（同）を中に突っ込む。篦の先にこんもりついた茶色いものを口に運ぶ。接着剤にも似た臭いに、元彦の幼時の記憶が呼び覚まされた。父の田舎で手作りしていた味噌が、こういう癖のある臭いをしていた。

水飴を楽しむように味噌をたっぷり嘗（な）めた己代子は、口元をティッシュでぬぐい、その汚れた紙を広げて〈間宵夢之丞〉とわざわざ記したのに、すぐに丸めてゴミ箱に放るという理解不能の行動を取ったのち、鏡を使わずに口紅（キャップに名前）を塗り直して唇を真っ赤にし、炬燵の上に大学ノートを広げた。やる気のない受験生のように天板に半身をあずけ、顔を横にして、口を休めることなくペンを動かす。

「安いよ、安いよ、納豆が四十八円、五十円でお釣りがくるよ。本日は春の大蔵ざらえ、エビ、カニ、ウニ、ホタテ、店内全品赤札特価」

ノートを夫の名前で埋めているのか。細い罫線の間に〈間宵夢之丞〉がみっしり詰まり、どのページも真っ黒になっているのかと想像するだけで眩暈（めまい）がする。

元彦は、この作業が永遠に続くであろうことを悟った。そして、あれほど望んでここにやってきたというのに、帰りたくてたまらなくなった。奇態は存分に見せてもらったし、これ以上見続けていたら自分があっちの世界に取り込まれてしまうのではという恐怖も芽生えていた。

已代子は一度トイレに立った。元彦は、この時とばかりに襖に手をかけたのだが、長く正坐していたため痺れが切れ、脂汗を流しているうちにチャンスを逸してしまった。歯を食いしばって痺れに耐えながら元彦は、先ほど彼女が階段をのぼりおりしていた時が絶好のチャンスだったのだと後悔した。已代子がトイレから戻ってくると痺れがやわらぎ、その後は足を崩してスタンバイしたが、すると彼女はトイレに立ってくれないし、階段ののぼりおりもしてくれない。

元彦が自分のトイレの心配をしはじめたころ、ただいまと玄関のドアが開いた。

「おかあさん、チェーンをはずして」

元彦には聞き憶えのある声だった。間宵紗江子が大学から帰ってきたようだ。已代子はノートを閉じて玄関に出ていった。

「いいところに帰ってきたわ。さっきから胸焼けがひどいの。入れ歯を飲んじゃったみたい」

「また？　口を開けて。あーん。だいじょうぶ。入れ歯ははずれてないわ」

「そんなはずない。よく見てよ。ここんとこがつかえてつかえて、息も苦しい」

「この間みたいに、炬燵の上で寝たんじゃないの？　胸が圧迫されるから、気持ち悪くなるよ。しばらく横になってれば治るから。そんなことよりおかあさん、市役所の人が来てたよ」

「はあ？」

「野焼きはしてはいけないって。これ、警告書」

「宮坂か！」

「途中で火は消えてたけど、いちおう水をかけておいた」

「あいつがうるさく言うからやってやったのに、チクるとか」

「ちょっと、どこ行くの？」

「決まってるでしょ」

「だめだよ」

「放しなさい！　腰がこんなになるまでやってやったのに、恩知らずとは、まさにあの女のこと。あー、いたた」

「おかあさん、やめて。めんどうなことになるから、本当にやめて。それより横になって。楽にしてあげる」

母が娘を振り切って家を飛び出し、娘が母を追っていけば、元彦も押入れを脱出できたのだが、意外にも母は娘に素直にしたがい、座敷に戻ってきてしまった。

母子は畳に散らばった品々をひとところに寄せ、できたスペースに母が横になり、その背中を娘がさすった。

やがて規則正しい寝息が聞こえはじめた。紗江子は徐々に手の動きを遅くして、よれよれになって転がっていたバスタオルを母親の背中にかけて座敷を出ていった。

己代子は軽い鼾をかいている。しかしこの横を通り過ぎる勇気は元彦にはなかった。

遠くで冷蔵庫の扉を開け閉めする音がする。庖丁がリズミカルに俎を叩く。焦げた醤油の香ばしい匂いが漂ってくる。

「おかあさん、ごはんにしよう」

紗江子の声がした。己代子がむくむく体を起こし、しばらくあくびをしたり瞼をこすったりしたあと、腰を叩きながら座敷を出ていった。炬燵で食べるのではないのだ。今度こそ脱出の機会が到来したと、元彦は大きく息をついた。

次の瞬間、その溜め息が凍りついた。

元彦の目の前に、にゅっと脚が現われたのだ。二本、垂直に伸びている。

押入れの襖が開いたのだ。己代子⁉ 戻ってきたのか⁉

絶体絶命の状況だったが、詰んではいなかった。元彦の位置からでは相手の腿から下しか見えない。顔は見えない。ということは、現在相手の目に元彦の姿は映っていないことになる。上段の衣装ケースに用があるのなら、出し入れしても元彦のことは見えず、用がすみしだい立ち去れば、事なきを得る。

しかし相手は最悪の行動を取った。腰を落としたのだ。腰を落としながら、両手で持っていたトレーを脇に置いた。

元彦は小さく声をあげた。狼狽したというより、虚を衝かれた。あらわになったその顔――上下ジャージを着たその女性は、間宵己代子ではなく、娘の紗江子だった。

紗江子も虚を衝かれていた。元彦と目が合っても悲鳴をあげなかったのは、驚きがまさりすぎたからだろう。中腰のまま動きが止まっている。

元彦は押入れを這って出ていきながら、紗江子の口に蓋をするように手を伸ばした。

「俺だよ、俺。同級生の八塚。騒がないで。とにかく話を聞いて」

早口のささやき声で言う。

「明峯大学総合社会学部現代社会学科の八塚元彦。わかるよね？　わからない？　わからないか。話したことないし。証拠を見せる。静かにしててね。絶対に何もしないから」

元彦はそう釘を刺してから、ポケットの財布から学生証を出した。顔と名前が一致したかはさだかではないが、紗江子はいちおううなずいた。怯えた表情をしていたが、騒ぎ出しそうにはなく、元彦は少し緊張が緩んだ。

「変なことをしようというんじゃない。いや、ここにいるだけで十分変だよね、うん。だから理由を説明させて。話せば長くなるけど」

「母を呼んできます」

紗江子はゆるゆると腰をあげる。

「待って。最初は間宵さんと二人だけで話せないかな。込み入ってるから……」

「でも、ここで長く話してたら、母が様子を見に来ます。ごはんなのにわたしがいつまで経っても向こうに戻らなかったら」

「食事が終わるまで待ってる。とにかく、まずは間宵さんに聞いてもらいたい」

元彦は手を拝むように合わせる。

「だめです。ここは絶対にだめ。母の部屋ですから、ごはんがすんだら、母がすぐに戻ってきます」

「ええと、じゃあ、どこか外で待ってるから、夕飯がすんだら出てきてよ」

紗江子は、そうするともそれはだめとも言わなかった。少しの間、考えるように額に手を当てて、

「こっちに」

と手招きしながら座敷の出口の方に歩いていった。元彦は畳の上に散乱した〈間宵夢之丞〉に注意してあとにしたがった。

紗江子はトイレの横のドアを開けた。洗面台と洗濯機があり、磨りガラスの引き戸の向こうは浴室だった。紗江子は浴槽の蓋を半分開け、元彦の方に顔を向けた。

「話は夕飯が終わってから聞きます。ここで待っていてください。後片づけもしなければならないから、小一時間かかると思います。窮屈でしょうけど、辛抱してください」

元彦は空の浴槽に身を沈めた。その際、シャンプーのボトルにも洗面器にもボディタオルにも〈間宵夢之丞〉と書かれているのが見えた。

紗江子が浴槽に蓋をして去ってしばらくの間、元彦は暗闇の中で膝を抱えてじっと丸まっていたが、しだいに不安が頭をもたげてきた。

話はあとで聞くと安心させ、警察に通報したということはないか。挨拶したこともない、顔もうろおぼえの同級生など、赤の他人と変わりない。家に勝手にあがり込んでいた見ず知らずの人間に、これにはまっとうな理由があるのだと言われ、警察に助けを求めず、はいそうですかと傾聴するだろうか。

元彦は頭上の蓋を持ちあげた。紗江子が明かりを消していったため、蓋を開けても闇のままだった。

警察が来る前に逃げなければと思い、元彦は浴槽を出ようとしたのだが、しかしよく考えてみると、今さら逃げてどうなるものでもなかった。正体がばれているので、逃げたところで警察はやってきてしまう。間宵紗江子に学生証を見せたりせず、彼女を突き飛ばして逃げるべきだったのだ。そうすれば相当な確率で、彼女はこの侵入者が同級生だと気づかなかったわけで、追っ手から逃れることができた。

ここはもう彼女を信じて待つしかないのだと、元彦はあげかけた腰をおろし、静かに蓋を閉じた。

四十分後、紗江子が戻ってきた。母親は連れておらず、警察官も同行していなかった。元彦は彼女の手招きに応じて浴槽を出、脱衣場から廊下、階段と、足音に注意してあとに続いた。

二階には部屋が三つあるようだった。外から見た時にも感じたのだが、わりと大きな家だ。紗江子は階段をあがって右のドアを開けた。

「間宵さんの部屋？」

中に招かれ、紗江子がドアを閉めたところで、元彦は小声で尋ねた。六畳ほどの洋室で、ベッドと机があった。机の上に教科書やノートが重ねられていたので彼女の部屋だと判断したのだが、もしそれらがなかったら、客用の寝室と思ったことだろう。

ベッドと机以外は何も見あたらなかった。棚がない、テレビがない。箪笥も、ドレッサーも、ぬいぐるみも、ポスターも、かわいいカーテンやベッドカバーもない。およそ女子の部屋とは思えない殺風景な、まるでビジネスホテルの客室のようだった。いや、ビジネスホテルはこれほど広くない。この部屋には相撲を取れそうなほどのスペースがある。足の踏み場もなかった一階の座敷とは対照的である。

「こんなものしかありませんが」

紗江子は質問には答えず、元彦にクッションを勧め、緑茶のペットボトルを差し出してきた。ありがとうと元彦は受け取って、

「今のは、お茶のお礼と、おかあさんにも黙っておいてくれたお礼」

紗江子は無言で目を伏せ、カーペットに直に坐る。元彦の正面ではなく、斜め六十度くらいの位置で、距離も一メートル以上取っている。紗江子はひどくくたびれた臙脂色のジャージを着ていた。胸に長方形の白い布が縫い取られ、〈間宵〉と手書きで名前が

入っている。中学か高校で使っていたものなのだろう。

「同級生だと言われても、ピンとこないよね？　学生証を見たから、いちおう納得してくれたみたいだけど」

元彦は遠慮なくペットボトルに口をつけた。消防署員のふりをして訪問した時から一滴の水も口にしていなかった。

「いえ、わかっています。あんなところで鉢合わせしたから、びっくりしただけで」

「気をつかってくれなくていいよ。俺もはっきり言うから。間宵さんはうちのクラスの誰にも関心がないんだよね？　誰ともランチもお茶もしないもんね。近間ゼミの先輩たちとは多少はつきあいがあるのかもしれないけど。もっときついことを言えば、クラスのみんなも間宵さんに無関心だ。だからスノボにもアウトレットにも誘わないし、年がら年中同じような服を着てても、その理由を尋ねようとしない」

まずは「落とす」。

「でも俺は、間宵さんのことを去年からずっと見ていた。なんといっても、熱心に勉強してる。どの講義でも、あのクソ下手くそな西山の講義でさえ一番前に坐り、舟を漕ぐことなくノートを取っている。最初はその熱心さにあきれた。出席さえしていれば、試験は白紙で出してもAをくれる講義なのに、バカじゃないのって」

「上げる」そぶりを見せ、さらに落とす。落としたところで、一気に持ちあげる。

「それが感心に変わったのは、いつごろからだったろう。出席を取ろうが取るまいが、講義にはかならず出る、開始五分前には席に着く。試験休みだ学祭だバーゲンだと浮かれることはない。周りが、楽なほう楽なほうへと流される中、道をまっすぐ歩いている。孤高だ。感心はやがて尊敬に変わった。そして……。その孤高な姿を美しいと感じるようになった。きらびやかさやかわいさを見せつけているのではない。虚飾のない凛々しさ。それは、山や木々の美しさに似ていた」

もちろん、すべて人工的に紡いだ言葉である。浴室で待っている間に構築した。

「強く惹きつけられたら、その人のことをもっと知りたく思うようになる。話をしたい、親しくなりたい。でも俺、声をかけられなかった。間宵さん、ぼっちで、学内で浮いてるじゃん。そういう人に接近したら、友達にどう思われるか。みんなの中で浮くのは怖い。俺は間宵さんのように強くない。弱い人間だから、強い人に惹かれるのだろうと思う」

感情がにじみ出たような手振りを加えながら、元彦は言葉の一つ一つを噛みしめるように語りかける。結構演技の才能があるじゃないかと笑いをこらえる一方で、これでいいのだろうかと複雑な気持ちにもなる。

紗江子は目を伏せ、黙って聞き入っている。ただの出まかせに真剣に耳を傾けているのだ。なのに本気で好意を寄せていると思われたら、厄介なことになりかねない。といって、はなから出まかせだと見抜かれては、この窮状を切り抜けられないわけで、それが元彦の気分を複雑にさせている。

「学校では話しかけられない。駅までの道も明峯大生の目があるからだめ。そこで、間宵さんの地元を訪ねようと考えた。大学から遠く離れているから、知り合いと出くわすことは絶対にない。そして今日実行したと。でも、これだけじゃ、押入れの中にいた理由としては足りないよね。それは今から説明する」

今朝まで夜勤のアルバイトをして、寝てないものでハイになっていたらしく、よし今から告ってやると制服のまま電車に飛び乗って長郷に着いたはいいが、まだ午前中のこと、大学から戻ってくる紗江子を待ち伏せるにしてもあまりに時間があるため、ぶらぶら歩いていたところ、玄関のドアが開けっぱなしの家があり、表札には〈間宵〉と出ていて、時間が経ってふたたび通りかかったらまだドアが開いていて、まさか泥棒がと心配になって声をかけると返事がなく、家の人は賊に襲われて倒れているのかもしれないと勝手にあがったところ、座敷がひどく散らかっていたから家捜しされた跡だと早合点し、家の人を捜そうと炬燵蒲団をめくったり物を掻き分けたりしていたところ、外が騒がしくなり、どうやら紗江子の母親と隣人がもめているようで、おそらく隣を訪ねるだけだったから玄関ドアをきちんと閉めなかったのだろうなと納得している場合ではなく、言い争う声はだんだん大きくなり、つまり家の方に近づいてきている感じで、そして突然玄関ドアが開き、とっさに押入れの中に身を隠した。

「俺は、家の人が泥棒にやられてるんじゃないかと心配して、おじゃましたんだ。やましいことは何もない。けど、間宵さんのおかあさんとは一面識もない。すんなり信用されるとは思えない。警察沙汰になったら厄介だ。だからとりあえず身を隠し、隙を見つけて逃げ出そうと考えた。ところがおかあさんが部屋から全然出ないもんで、ずっと居続けることになり、そしてとうとう間宵さんに見つかってしまったと。以上、俺が今ここにいる理由でした」

元彦は神に誓うように胸に手を当てた。紗江子は目を伏せて黙ったままだ。

「悪いことは何もしていないのだから、こそこそ隠れなければよかったんだよね。その点は弁解の余地もない。それから、間宵さんと話すために待ち伏せしたというのも、ストーカーみたいで感心しなかった。学校で堂々と声をかければよかった。そしたら、こういう事態は招かずにすんだ。結局、俺の臆病さが災いしたんだ」

心証をよくするべく、元彦は自己を卑下した。紗江子は何も返してくれない。握った手を腿の両脇に当て、膝頭のあたりをじっと見つめている。納得したのか、判断中なのか、怒りが爆発するのをこらえているのか。嫌な沈黙だ。元彦はお茶を飲みながら裁きの時を待った。

やがて紗江子が、視線を落としたまま、ぽつりと言った。

「押入れで何をしていたのです？」

「何って、だから、隠れてたんだよ」

「ただ、じっと？」

「じっと。何か盗んでないかって？　まさか。衣装ケースを覗いてもいない。神に誓って。蒲団の下にへそくりがあった？」

元彦は軽口を叩きながら、作業服のポケットを裏返してみせる。

「じゃあ、ずっと母のことを見ていたのですね？」

「見るとか、そういう余裕はなかったよ。見つかりはしないか、気が気でなかったから。

体育坐りで両手の指を組み合わせ、こっちを見ないでと念を送っていた」

「でも、声は聞きましたよね？」

「それはまあ、聞いたけど」

「母のこと、どう思われました？」

「どうって……」

「大学で、おもしろおかしく伝えるんでしょうね」

「そんなことしないよ」

「いいえ、伝えます」

紗江子はかぶりを振る。

「伝えないって」

「伝えます。絶対に伝えます。そしてわたしは笑い者にされる」

紗江子は顔をあげ、ますます激しく首を振る。

「落ち着いて。笑い者になんかしないって」

元彦は膝を乗り出しながら小声でなだめる。

「母は病気なんです」

「え？」

「あなたは人工透析を受けている人を、不摂生がたたってざまあみろと笑うのですか？　白杖を突いている人を撮影して写真をばらまくのですか？　あなたがしようとしていることは、それと同じです」

紗江子は眦（まなじり）を決して元彦のことをまっすぐ見つめた。白目に葉脈のように血管が浮かびあがり、小鼻と唇が細かくふるえている。彼女のこれほど厳しい顔つきを、元彦は大学では見たことがなかった。

「落ち着いて。何も言わないと言ってるじゃない。誰にも言わない」

元彦は両手を振る。

「約束できますか？」

「約束する」

「証しを立てられますか？」

「証しって……。俺は間宵さんのことが好きだって言ってるじゃない。好きな人が望まないことをするわけがない」

「じゃあ、わたしのことを好きだという証しを見せてください」

紗江子は正坐の両膝を立てて身を乗り出した。決して大きくない目が見開かれていた。白目が赤く染まり、琥珀（こはく）色の虹彩にはトロコイドのような幾何学的な模様が入っている。

瞳孔は深黒で艶がなく、底の見えない井戸のようだった。

光のない淵に吸い込まれるように、元彦は両腕を伸ばした。指先が目の前の体にふれる。肩を摑む。引き寄せる。最初はハグのような軽い抱擁だった。

紗江子は身をよじった。放すまいと、元彦は両腕に力を込めた。肉の薄い体は難なくコントロールできた。

自分はどうしてこんなことをしているのだろうと元彦は思った。苦肉の言い訳として、好意を持っていると口にしたにすぎず、悪気があっての侵入ではないと言いくるめ、見逃してもらおうとしただけで、それ以上のことをするつもりなど微塵もなかったはずなのに。

なのに体が勝手に動いてしまうのだ。頭を抱え込み、梳るように髪をなでる。頰を頰に激しくこすりつける。

髪の毛はぱさついており、なでても、麦藁をこすっているような感触しか伝わってこなかった。乾燥肌の頰は、頰ずりしても痛いだけだった。伸びるにまかせた眉に、短い睫に囲まれた金壺眼、ぬくもりに乏しい体、着古したジャージの肩に落ちた雲脂、染みついた夕餉の匂い——欲情をかきたてる要素は何一つなかった。

なのに体を止めることができないのだ。元彦は顔を傾け、指先で彼女の薄い唇にふれ、そして自分の唇を押し当てた。

貧相だった唇からは想像もつかない、やわらかく、あたたかく、うるおいに満ちた感触が、元彦の唇を割って口中に侵入してきた。剝き出しの電極を当てられたような痺れが尾骨から脊柱を駆けのぼり、延髄を突破して脳内ではじけた。

元彦は本能にまかせて快楽の沼を漂った。どこまでも暗く、なのに鮮やかな色彩が感じられ、いっさいの音が消えた中、相手の息づかいだけが体を通じて伝わってきた。華奢な体を組み敷き、荒々しい愛撫を繰り返すうちに、いつしか元彦の頭の中には愛しい人の姿が大写しになっていた。

卵のような輪郭に、つるんとした白い肌、細く尖った眉、エクステいらずの長く密生した睫、二重の瞼につぶらな瞳、控えめな鼻筋と小鼻、肉厚でつややかな唇――ああ俺はこの女を摂津夏純とみなして抱いているのか。現実にセックスをしながら、それは仮想現実でもあるという。現実を願望で上書きすることで、かなわない恋を成就させようとしているのだ。

そんな自分をみじめに思いながらも、元彦は欲望にまかせ、「摂津夏純」の体をむさぼり続けた。

精を使いはたし、ぐったりしていた元彦がふと気づくと、目の前に白い背中があった。肌はしっとりと湿り、うっすらと生えた産毛が金色に輝いていた。

二人はベッドの上にいた。二人とも全裸だった。背中を丸めて横になった女を、元彦が背後から抱きしめている。肌から肌へ、駆け足のような心音が伝わってくる。伝わってくるのは鼓動だけではなかった。肩が微妙に振動していた。ふるえている？

汗がひいて寒いのか？　それとも泣いている？　泣いている⁉

元彦はばつの悪い思いで体を離すと、そろそろとベッドを降りた。

「好きだから、こうなりたかったんだ。わかってくれるよね？」

卑しく取り繕いながら、脱ぎ捨てた服を拾い集める。

「ふざけるな」

鼻声が応じた。

「からかってるんじゃないよ。ずっと好きだったんだ。思いを伝えるために、こうして遠くまでやってきた。好きなんだ」

元彦は裸のままベッドに戻った。髪をなでながら耳元でささやけばこちらに取り込むことができるさという浅はかな考えは、雷のような声で粉砕された。

「寄るな！」

裸の背中が反転し、さっと上半身を起こした。

「寄るなって！　こっち来んな！　それ以上近づいたらタマを潰す！」

体に当ててたタオルケットを左手で押さえ、右手を袈裟(けさ)斬りのように振り回し、摂津夏純が口汚くわめき散らす。

「離れろ！　向こうに行け！　ベッドから降りろ！　降りろって！」

間宵紗江子ではない。怒りでゆがんでいたが、それでも美しさが感じられるこの顔立ちは、摂津夏純以外の何者でもない。

元彦は今の今まで夏純のことを抱いていた——妄想の中で。そう、あれは妄想だ。好きでもない女を抱くにあたり、愛しの君の見目を投影させていた。原始的なヴァーチャル・セックスである。したがって、ベッドで裸でいる彼女は間宵紗江子——のはずなのだが、顔も、声も、摂津夏純そのままだった。ことが終わっても、余韻を楽しむために、引き続き脳内で顔の置き換えを行なっているのか？

「ベッドから降りるんだよ、このクソ野郎が！　汚らしいものを見せるな！　ちょん切るぞ！」

元彦は混乱状態でベッドを降り、トランクスを拾って足を通した。

三面鏡がついた白いドレッサーが目に留まった。それとは別に姿見もあった。おかしく思い、頭の霞を払うように首を振ると、飾り棚とコートハンガーが網膜に映じた。紗江子の部屋にはベッドと勉強机しかなかったじゃないかと、頭を叩き、瞼をこするが、ドレッサーも飾り棚も消えなかった。逆に、どこを見ても、教科書が載った勉強机が存在しない。

「おらっ、シャツも着るんだよ！　ぐずぐずすんな！」

枕が飛んできた。鼻っ柱を直撃し、ツンと脳に抜けるような痛みが走ったが、その刺戟を受けても、目の前の彼女の顔は間宵紗江子には戻らなかった。

「カスミン？」

元彦はぼんやりつぶやいた。

「なれなれしく呼ぶな！」

タオルケットが投網のように飛んできた。彼女のほうは手早くロンTを着ている。

「ここ、カスミンの部屋？」

元彦は緩慢に首を回す。出窓に花柄のカーテンが引かれている。淡いピンクのラグ、昔の女優の白黒のフォトフレーム、テレビ、ぬいぐるみ、観葉植物――。

「ざけんな！」

ティッシュのボックスが飛んでくる。

「俺、カスミンのことを？」

元彦は、まだトランクス一枚の自分と、太腿剥き出しでベッドに横坐りする夏純を見較べた。シーツは半分めくれるほど乱れている。

「はあ？ 記憶喪失アピール⁉ 死ねよ！ 死ね！ 死ね死ね死ね！ 今すぐ死ね！」

夏純はベッドを飛び降りると、枕を拾いあげ、両手で振りかぶって元彦に叩きつけた。

インターホンが鳴った。

夏純は興奮して聞こえないのか、死ね死ね死ねと、元彦を打ち続ける。

ふたたびインターホンが鳴った。

夏純が動きを止めた。はっきり聞こえなかったのか、音の正体を見極めるように眉を寄せた。

ドアが開く音がした。

「おい、鍵かけてないのか。不用心だぞ。遅くなって悪かった。急に答弁書を作成しなければならなくなって」

男の声がした。夏純が枕を放り捨てた。彼女が部屋の出口に達する前にドアが開いた。眼鏡の男が立っていた。

「違うの。これは違うの」

夏純は男の腕にからみついた。男は驚き、トランクス一丁の元彦を見てきょとんとなり、目を見開き、ショーツにロンTの夏純に顔を戻して眉を吊りあげと、表情をめまぐるしく変化させた。

「浮気じゃないから。勘違いしないで。こいつが勝手に入ってきたの」

夏純は男に抱きついたまま、涙ぐんだ上目づかいで訴えかける。男は三つボタンのスーツ姿で、三十歳前後の社会人に見えた。

「アツシさんだと思ったのよ、今晩来るかもって言ってたから、インターホンが鳴って、来た来たって、相手を確認せずに玄関を開けたら、こいつが土足で押し入ってきたの。廊下、汚れてたでしょ？　ほら、そことあそこにスニーカーが転がってる。それであたしを押し倒して……、そういうことなの。浮気なんかじゃない。合意のうえじゃないって。必死に抵抗したわよ。でも、力が全然違って……。あんまり怒らせたら殺されるんじゃないかって、それに怪我も怖かったから、したがうしかなかった」

マンションの部屋に押しかけた？　土足で押し倒した？　合意によらず肉体関係を結

んだ？　俺は夏純をレイプしたのか⁉

元彦は何も思い出せない。一年もじらされ続け、フラストレーションが高まっていたことは事実だが、実際に行動に移すだけの蛮勇をこの自分が持っているとは、とても思えない。現在の修羅場もふくめて妄想なのではないのか？

「事実なのか？」

眼鏡の男は夏純の表情を読むように顔を覗き込む。

「ホントだって」

夏純はロンTの襟刳り（えりぐ）を伸ばしてぐっとさげた。左肩があらわになる。上腕に赤い痣（あざ）ができていた。擦り傷のようにわずかに出血している部分もあった。

「俺が？」

元彦は自分の手を開いて目を落とした。

「あたりまえでしょ！」

「知り合い？」

男は夏純の襟を戻してやりながら、元彦の方にちらと目をやる。

「学科の同級生。誤解しないで。ただ学科が同じで、同じ講義を受けているだけだから。今までうちに来たこともない。勝手にあがってきたの」

夏純は両手で男の腕を握って振りたてる。男ははじめて元彦を正面から見据えた。

「明峯大学の八塚と言います。摂津さんとは学科の同級生で、間柄としては友達ですかね、いちおう」

元彦は間の抜けた自己紹介をして、

「この建物の前まではよく来ていますが、いつも車で送ってくるだけで、部屋におじゃましたことは一度もありません。だから、今、どうしてここにいるのか……。いるはずがないんですよ」

トランクス一丁では説得力ゼロの言い訳をした。

「何言ってんの！　殺すぞ！」

すかさず夏純が反応した。

「嘘でも冗談でもなくて、本当に、今ここにいるなんて、ありえないんだ。今日は朝からずっと東京を離れていた。講義、出てなかっただろう？　なのに今はカスミンの部屋にいる。なんで？　俺が知りたい」

「おまえはカート・ワグナーか！」

「は？」

「テレポーテーションするわけないだろってこと！　死ねよ、このすっとぼけが！」

「でも、実際、そうとしか……」

元彦は額に手を当てる。

「アツシさん、何か言ってよ。まさか、どっちが正しいのか迷ってる？　ひどい！　このクソ野郎の言うことなんか聞いちゃだめ」

夏純は男にしがみつく。男は呆然とした表情で、ぼそぼそ唇を動かした。

「君はそういう汚い言葉を使う人だったのか。『死ね』とか『殺す』とか『クソ野郎』とか」

「え？　あ？　こいつにひどいことされたって証拠じゃないの。感情を抑えられないのよ。てゆーか、そんな指摘してる場合？　あたし、こいつにひどいことされたのよ。あたし、どうしたらいいの？」

夏純は仰向き、うるうるした目で男を見つめる。男は彼女とは目を合わさず、からめられていた腕をやんわりほどき、彼女を押しやった。玄関に歩いていき、黒いウイングチップに足を入れた。

「何？　何？　汚れた女は捨てるの？」

夏純はうろたえて声をかけるが、男は返事をせずに、革靴の踵(かかと)を踏んだまま出ていった。

「待ってよ、待って！」

夏純は玄関に飛んでいき、裸足で靴脱ぎに降り、ドアを開けた。外に一歩踏み出したところで足を引っこめ、ドアを閉め、廊下を走って寝室に戻ってきた。追いかけようにも、今の姿では無理だと気づいたようだ。

「誰？」

元彦は尋ねた。

「おつきあいしてる人」

夏純は籐のバスケットをひっくり返して服を探す。

「長いの？」

「それなり」

「社会人だよね？」

「そう」

「官僚？」

「うるさい」

「そんな彼氏がいるなんて聞いてなかった」

「報告する義務なんてないし」

「結婚前提？」

「だったら何？」

がっちり本命を握っておきながら、下々の男子学生をいいように使っていたのか。特定の男がいるとわかっていたら、この女に執着して、時間と金、そして心を無駄にすることはなかったのに。

不愉快な思いを今は抑えつけ、元彦は肝腎なことを尋ねる。

「俺、本当に、そのう……」

「死ね」

夏純は質問を察したらしく、ジーパンを足首から腰まで力まかせに引きあげる。

「ごめん」

元彦はうなだれる。

「謝って、チャラ？　マジ死んでくんないかな」

「ごめんなさい」

元彦はその場に正坐して頭をさげた。

「取調室でもそうするといいわ」

「取り調べ⁉」

元彦はバネ仕掛けの人形のように顔をあげた。

夏純はコートハンガーから服を引き剥がす。

「被害届を出すかは、彼と相談してから決める」

「警察はかんべんしてくれ。かんべんしてください。お願いします」

元彦は立ちあがり、夏純の肩に手を伸ばす。それを察知したかのように夏純が勢いよく振り返った。

「虫がいいんだよ！」

ジャケットが鞭（むち）のように飛んできた。その直撃を受け、元彦が顔を押さえていると、夏純はジャケットの袖に腕を通しながら寝室を出ていった。

玄関のドアが開く音がした。

「あ。アツシさん」

夏純のよそ行きの声がした。それをかき消すように足音がして、寝室のドアが暴力的に開けられた。

三つボタンスーツの男が立っていた。一歩、二歩と、元彦の方に大股で歩み寄ってくる。右手に細い棒のようなものを持っている。先端が床を引きずっている。

男は棒を左手でも握ると、頭上より向こうまで振りかぶり、その数倍の速さで振りおろした。

男は一言も発しなかった。雄叫びもなく、薪(まき)でも割るように刑は執行された。

ゴルフクラブだと元彦が察した時にはもう、3と刻まれたアイアンのヘッドは彼の側頭部に突き刺さるように当たり、骨伝導の作用により頭蓋骨が砕ける音が脳に届いたが、ほとんど即座に心肺停止状態に陥ったため、その記憶は海馬に一時蓄積されることもなかった。

間宵の娘

ドンドンドンと突如鳴り渡った部屋全体を揺るがすような異音に、コピー機の点検を行なっていた若いメンテナンススタッフが、びくりとして顔をあげた。岩室恵美(いわむろめぐみ)はちょうどトイレから出てきたところで、彼の狼狽が真っ正面から目に入ったので、気にしないでくださいと笑って声をかけた。彼はうなずきを返してきたものの、天井を見たり振り返ったりで、なかなか作業に戻らなかった。無理もない。恵美も最初に聞いた時には、すわ直下型地震か、はたまた車が突っ込んできたのかと、机にしがみついてしまったものである。

「すみません。母が……」

間宵紗江子が窓際で振り返り、クリアファイルを胸に抱いて、ぺこぺこ頭をさげた。

恵美はうなずいて、行ってらっしゃいと小さく手を振った。紗江子は、ファイルを自分のデスクに投げるように置くと、いつもすみませんと、背中を丸めたまま外に出ていった。

コピー機の保守点検が終わり、作業員のイケメン君と入れ替わるようにして紗江子が戻ってきた。絞り染めの巾着を大切そうに胸に抱えている。

「相変わらずお元気そうね」

いやみではなく、親しみを込めた冗談のつもりで恵美は口にしたのだが、紗江子は照れ笑いを返すでもなく、すみませんと自分のデスクにつき、巾着を一番下の引き出しにしまうと、すぐに伝票の整理をはじめた。

「おーい、お茶」

パーティションの向こうから渡辺常務の声がした。恵美は紗江子を目で制して立ちあがり、給湯室に向かった。

お茶汲みとは、時代錯誤もはなはだしい会社である。しかし考えようによっては、お茶を入れるだけで労働認定されるのなら、悪い話ではない。給料はそれなりだが、口うるさい上司はおらず、残業はなく、休みの都合もつけやすく、育児で退職しても再雇用してくれ、何の資格も持っていない自分にとっては最高の仕事ではないかと、足かけ五年この職場に世話になっている恵美はつくづく思う。

渡辺住設は住宅の内装工事を行なう会社である。家族経営で創業し、長く新築住宅の内装を手がけてきたが、七年前に住宅リース大手の業者と契約し、その下請けとして賃貸集合住宅の保守修繕を行なうようになり、現在ではそちらの業務が主力となっている。

迅速丁寧な仕事ぶりにより、元請けから優先して発注されるようになり、それにともなって器具や資材や作業員が増え、社長宅に併設されたプレハブの社屋が手狭になったため、事務部門がはじき出される形となった。落ち着いた先が、現在岩室恵美がいる赤島ビル一階である。もともと小売店を入れるために作られたフロアで、窓が広く取られており、通行人から丸見えの環境は、事務作業に適しているとはとても言いがたかったが、本社屋から近い適当な物件はここしかなかったという。

事務部門といっても、管理職をふくめて三人しかいない、ごく小さな所帯である。恵美は、受注処理、スケジュール調整、労務管理、出納業務など、実務全般を行なっている。

上に立つ渡辺偉(いさむ)は、社長の親族というだけで常務として迎えられた還暦過ぎのオヤジで、年中ノーネクタイのクールビズ出勤、夏場は靴下まで脱ぎ、就業時間の半分は、ネットでの麻雀や将棋の対戦に費やしている。

赤島ビルにいる三人目が間宵紗江子である。家族の介護のために退職したベテランの女性に代わって半年前に入ってきた。いろいろ驚かせてくれる人だった。

てっきり五つくらい歳上だと恵美は思ったのだが、実は十も歳下だった。白いものが目立つ頭、塗り絵のような化粧、それでも隠しきれない目尻や口元の皺(しわ)、ささくれた唇、水分が抜けたような手、丸まった背中、覇気のない受け答えと、二十代後半にして、すでに人生をあきらめたようなたたずまいをしていた。

長郷から働きにきているというのも、恵美には理解できなかった。破格の給料が出るわけでも、他に類を見ない特殊な仕事というわけでもない。電車で一時間もかけなくても、十万都市には働き口がいくらでもあるだろうに。地元ではやんちゃしてブラックリストに載っているのかと冗談を飛ばすと、紗江子は笑うでもなく憤慨するでもなく、違いますとだけ答えた。

この件にかぎらず、口べたなのか、あえて他人との間に壁を作っているのか、紗江子は必要以上のことはいっさい喋らなかった。芸能人やスイーツの話題を振っても首をかしげるばかりで、会話が成立しない。

前任者とは、コピーを取りながらでもキーボードを打ちながらでも、子供の自慢に夫の悪口、ドラマにスポーツの批評と、一日中雑談していた。上司が放任主義であるのをいいことに、新発売の菓子をデスクに並べて品評会を行なったり、カラオケのハモりの練習をしたりもした。そういう家庭の延長のような環境が失われてしまい、恵美はこの職場が一気につまらなくなってしまった。

しかし仕事は楽になった。紗江子は実に呑み込みが早く、半月で教えることがなくなり、ひと月もすると、前任者以上の働きをするようになった。前任者はベテランだったため、嫌な仕事を押しつけることははばかられ、逆に押しつけられていたが、歳下の新人に遠慮はいらず、恵美は就業中にスマホをいじる時間が増えた。

間宵紗江子がもたらした驚きの中で極めつけなのが「母」だった。

紗江子が働きはじめてしばらく経ったある日、ドンドンドンという衝突音のようなものが事務所内に轟いた。恵美は坐ったまま机にしがみつき、渡辺常務もパーティションの向こうから靴下で飛び出してきた。

「すみません、母が……」

窓際で段ボール箱を片づけていた間宵紗江子が申し訳なさそうに言った。

「母？　おかあさん？」

恵美はきょとんとして問い返した。

「母が何か用事があるみたいで。ちょっと出ていいですか？」

紗江子は窓の外を指さした。ぱっと見たところ、それらしき人の姿は見えない。

「行ってらっしゃい」

渡辺常務の許可がおり、すみませんと紗江子はオフィスを出ていった。自分がさぼってばかりで負い目があるのか、この上司は部下の息抜きには寛容だった。郵便局に行くと出ていって、一時間戻ってこなくても、何も問い質されない。この点も、恵美が現在の仕事を気に入っている理由の一つだった。

「さっきの、ノックの音ですか？」

恵美は常務に尋ねた。彼はさあと首をかしげ、対戦相手が待っているパーティションの向こうに姿を消した。

紗江子は三分ほどで戻ってきた。自分の席には着かず、まっすぐパーティションの方に歩いていった。

「常務もご存じのとおり、わたくし、毎日弁当を持ってきているのですが、今朝は寝坊してしまい、作れませんでした。それで、昼に困るだろうと、母が作って持ってきてくれました。就業中に私用で席を離れてしまい、申し訳ありませんでした。今後はこのようなことが起きないよう、気をつけます」

いつもは問われたこと以外口をきかないのに、この時は自分からはきはき喋り、それも恵美を驚かせた。

「いいおかあさんだね」

常務が間の抜けた応対をし、紗江子が席に戻ってきた。恵美は尋ねた。

「さっきのドンドンドンって音、おかあさんが窓を叩いたの？」

「すみません、がさつなもので……」

紗江子はさっと顔を伏せ、絞り染めの巾着を机の引き出しにしまいながら着席し、すぐにパソコンの入力作業をはじめた。常務に説明した時とは別人の、いつものおどおどした調子に戻っていた。

紗江子の母は、その後も月に一、二度、赤島ビルにやってきた。いつも娘に弁当を届けるためで、いつも窓ガラスを叩いて来訪を告げた。そしていつも、ノックにしては度の過ぎた音を轟かせた。ボクサーのようにパンチを打ち込んでいるのだろうか。がさつ深い驚きにとらわれるのである。

というレベルの行動ではない。恵美は、驚き、あきれるばかりだった。

だが、これは端緒にすぎなかった。紗江子の母親の実像にふれた時、恵美はさらに深い驚きにとらわれるのである。

事件は七月に入って最初の金曜日に起きた。

ドンドンドンと、低く暴力的な音がフロアに響きわたった。

ドンドンドンにはすっかり免疫ができていた恵美だったが、そのあとに耳慣れない音、バシャーンという、高く、破裂するような音が続いたため、何事かと、椅子に坐ったまま上半身をひねって振り返った。

窓ガラスが割れ、その前で紗江子がうずくまっていた。

恵美は椅子を倒して立ちあがり、紗江子のもとに駆け寄った。

「どうしたの?」

「母が……」

紗江子は腕を抱え込むように上半身を折っている。

「おかあさんが割ったの?」

「はい……。強く叩きすぎたのだと……。すみません……」

恵美は外に目をやるが、人の姿はなかった。室内に目を戻すと、窓の、まさに割れたところに、いつもの巾着が落ちていた。割れたことにびっくりし、弁当箱を投げて立ち去ったものと思われた。

「血?」

床に赤黒い斑点がいくつかあった。

「だいじょうぶです」

紗江子は顔をあげ、目でうなずいた。

「全然だいじょうぶじゃないじゃない」

紗江子は左手で右腕を押さえていたのだが、左手の指と指の間から赤黒いものが滲み出ていた。

「ちょっと切っただけです」

紗江子は右腕を小さく振った。血の雫が床に散って、花びらのような模様を描いた。

「全然ちょっとじゃないよ。救急車を呼ぶね」

恵美は電話をかけるためにデスクに戻ろうとした。そこに、パーティションの向こうから渡辺常務が現われた。

「むやみやたらと救急車を呼んではいけないよ」

「いま呼ばなくてどうするんです。動脈切れてますよ」

こうしている間にも、新しい血がドクドク流れ出ている。

「動脈は切れていない」

「切れてますって、この勢いは」

「動脈が切れたら、こんなもんじゃないよ。ピューピュー噴きあがる。血の色ももっとあざやかだ。岩室さん、ハンカチ」

「はい？」

「ハンカチを貸して。切れてるのは静脈だけど、結構な出血だから、止血は必要だ」

恵美はデスクに戻り、バッグからタオルハンカチを取り出した。それを常務に差し出すと、

「傷口に当てて、その上から手で強く押さえて。岩室さんがやって。私がやったらセクハラになるおそれがある」

恵美は言われたとおり、紗江子の右腕の、赤黒い液体が泉のように湧いている部分に、四つに畳んだハンカチを当て、両手で挟むようにして圧迫した。出血しているのは右前腕の手首に近いところだった。

「近くに外科系のクリニックはないから、そこの鏑木(かぶらぎ)さんで診てもらって。その程度の傷なら対応してくれる」

常務は入口のドアを大きく開け、閉じないように靴の爪先を楔(くさび)のようにかます。恵美は止血をしながらつきそっていこうとしたが、

「一人でだいじょうぶです。これはお借りしておきます」

紗江子は自分の左手でハンカチを押さえて外に出ていった。足取りはしっかりしている。鏑木小児科は五十メートル先である。

「応急手当にお詳しいんですね」

恵美は尊敬の眼差しを上司に送った。意外な一面を見た思いだった。

「山に登ってたから」

「へー、山男なんですか。インドア派だと思ってました」

「掃除しといて。ガラスはガムテープでくっつけて取るといいよ。終わったらガラス屋を呼んで」

常務は指示だけ出して自分の陣地に引っ込んでいく。中断した麻雀が気になるらしい。

恵美は、上げた評価を元に戻した。

外にも盛大に散ったガラス片を集め、ウエットシートで床の汚れを拭き取り、ガラス屋は夕方でないと来られないというので、穴を仮に塞ぐために段ボール箱を切って当てていると、紗江子が戻ってきた。

「すみません、わたしがやります」

右の前腕には繃帯が巻かれている。

「安静にしとかないと。縫った?」

「いいえ。だから平気です」

「それでもあんなに血が出てたんだから、いま動かしたら傷が開いちゃうよ」

「間宵さん、今日はもう帰っていいよ」

奥から声がした。

「明日、あさってと休みだから、その間回復に努めて、月曜から通常どおり働いてください」

「だいじょうぶです。パソコンや電話はまったく問題ありません」

紗江子は首を振る。

「傷を悪化させて長い間休まれたほうが、うちにとっては痛手だ」

「すみません」

紗江子はうなだれて自分のデスクに戻り、帰りじたくをはじめた。デスクの上に恵美が置いた巾着を取りあげた時、どこか恨めしげな目をした。巾着をトートバッグに押し込み、パーティションの方に向かう。

「おいくらでしょうか?」

「はい?」

常務が間の抜けた声で応じた。

「ガラス代です。弁償します。母がやったことなので」

「大きいから、高いよ」

「承知しています。給料から天引きという形でもかまいません」

「費用の負担については、社長と相談しておくよ」

「よろしくお願いします。それから、そのう、警察沙汰になるのでしょうか?」

「ならないんじゃない? 被害届を出すかは、これも社長の判断になるけど」

「よろしくお願いします」

紗江子はパーティションに向かって深々と頭をさげる。

「御母堂には、二度と窓は叩かないよう言っておいて。弁当を届けるのなら、遠慮なく入口からどうぞ」

「すみません」

紗江子はさらに深く頭をさげてから退社した。

月曜日、紗江子は通常どおり出社した。まだ繃帯をしていて、それを隠すために長袖を着ていた。

彼女が菓子折りを持ってきたことに、恵美は強い違和感をおぼえた。どうして娘が謝る。謝るべきは、窓ガラスを割った当人ではないか。

コンビニでも売っているような菓子折りで丸め込まれたわけではないのだろうが、常務はこの件を蒸し返すことはなかった。社長もガラス代は請求せず、警察沙汰にもしなかった。

表から訪ねてこないことといい、力加減を考えないノックといい、謝罪に現われないことといい、何もかも非常識だった。異常と言っていい。この手の人間は扱い方を間違うと狂暴化して収拾がつかなくなると、会社はおよび腰なのだろうが、恵美は割り切れなかった。

週も終わりになると、紗江子の繃帯は取れたが、母親を連れてくるような気配はまったくなく、恵美のもやもやは破裂寸前まで膨らんだ。謝罪がないのなら、いやみの一つでも言ってやらないことには気がすまない。

日曜日、夫が昼前に出かけた。会社の同僚宅でのバーベキュー・パーティーで、二人の子供を連れていった。

恵美は二日前まで、庭の草むしりも自転車の整備もしてくれず、いつも口論になる夫と、掃除したそばから汚してくれる子供がいない環境で、半日のんびり過ごそうと考えていたのだが、膨らんだもやもやに背中を押されるようにして家を出た。間宵紗江子の自宅の住所は、会社で書類を見てわかっていた。

電車の車内には浴衣姿の若い女性が目についた。草場川の河川敷で花火大会と連動した音楽イベントがあるらしい。そのせいで中途半端な時間なのに混雑しており、恵美は席を得ることができなかった。スマホがあれば一時間だろうが二時間だろうが暇は潰れるが、足はたまったものではなく、間宵紗江子の普通でないことを身をもって感じた。平日朝夕の時間帯も当然坐れないだろう。おもしろみのない仕事と平凡な給料のために、彼女はこの苦行を毎日続けているのだ。

それはまだ、地元で仕事が見つからなかったということで納得してもいい。しかし彼女の母親については理解不能だ。恵美も毎日弁当を作ってくるが、それは食費節約のためである。往復で千五百円にもなる交通費をかけて弁当を届けては大赤字ではないか。よその家計が破綻しようが関係ないのに、恵美はむしょうに腹が立った。

間宵紗江子の自宅は、長郷駅から少々離れた住宅地の中にあった。

一見して奇妙な印象を抱かせる家だった。塀が異常に高いのだ。道路側は高さ一メートル半程度の石塀で、表面が鱗のように仕上げられたなかなか立派なものなのだが、両隣の家との間には、その高さの石塀の上に、二階の窓まで達するかという金属製のフェンスが突き出していた。隣家との接触を拒否するように。周囲を見ても、これほど高い塀の家は、ここ一軒きりだった。〈間宵〉と表札が出ているので、彼女の家に間違いない。

恵美は、塗装が剝げて錆が目立つ門扉を開け、敷地の中に足を踏み入れた。

門扉同様、建物もずいぶんくたびれていた。築二十年ほどだろうか。しかし棟続きのガレージがあり、前庭では余裕でバーベキューができそうで、屋敷とまではいかないが、平均的な建売住宅よりずっと大きな家だった。ただ、せっかくの庭なのに花壇も菜園もなく、刈った雑草が干し草のように積んである風景には、妙な寂しさがあった。

玄関ポーチに立ち、恵美はチャイムのボタンを押した。

中で音が鳴っているのは外まで届いてきたが、すぐには応答がなかった。しかし、しつこく押し続けていると、足音がクレシェンドで聞こえてきて、玄関ドアが小さく開いた。

「ママ、鍵を忘れたの？」

恵美は面食らった。その声があまりに幼かったからだ。すぐに反応できずにいると、

「ママ？」

と、ドアがもう少し開いた。恵美はさらにまごついた。声だけでなく、見た目も幼かったからだ。小学校低学年くらいに見えた。赤いフレームの眼鏡をかけた女の子だ。

「ええと、あなたはここのうちの子？　親戚の子？　遊びにきてるの？」

恵美はうろたえながら尋ねた。

「あたしんちです」

女の子が答えた。少し怯えているように見えた。

「ええと、おかあさんは？　おかあさんは、いる？」

「出かけてます」

「何時ごろ帰ってくる？」

女の子は首をかしげた。

「ええと、ここ、間宵さんのお宅よね？」

うなずく。

「おかあさんの名前は、紗江子？」

「そうです」

家を間違ったわけではなかった。既婚だと、間宵紗江子が言っていたことがあった？

恵美はまだ目の前の事態を呑み込めない。

「ええと、そう、じゃあ、おばあちゃんは、いる?」

「いません」

「おばあちゃんもお出かけか」

「お出かけじゃなくて、いません」

「はい?」

「うちにおばあちゃんはいません」

「今はいないけど、そのうち帰ってくるんだよね?」

「帰ってきません。おばあちゃんはいません」

レンズの奥の瞳が水気をたっぷりふくんで膨れている。話が通じず、恵美も泣きたい気分だった。

「おばあちゃん、ここで一緒に住んでるんでしょう? あなたと、おかあさんと、おとうさんと、そしておばあちゃん」

「おばあちゃんはいません。おとうさんもいません」

「えっ? 一緒に住んでない? あなたとおかあさんの二人暮らし?」

女の子はこくりとうなずいた。

父親とは離別しているのかもしれない。だとすると、紗江子が結婚や子供について口を閉ざしていたことが腑に落ちる。苦い思い出だからだ。しかし、祖母も一緒に住んでいないとはどういうことか。同居していないのに、娘のために弁当を作って職場まで届けにきているのか？

「しつけー」

考えをめぐらせていた恵美は眉を寄せた。はすっぱなつぶやきが聞こえたような気がした。

女の子は眼鏡のテンプルと顔の隙間に指先を入れてこめかみを押さえている。涙をこらえているのだろう、歯も食いしばっている。彼女でないとしたら、さっきの声は？　奥に大人がいるのか？

「おかあさん、いるの？　おやすみしてるの？」

恵美は左手の閉じた襖（ふすま）を指さした。少女は首を横に振った。

「おばあちゃん？」

これにも首を振る。じゃあ誰が？　空耳？

「ええと、今この家に住んでいるのは、あなたとおかあさんの二人なのね？　おばあちゃんは入院してるの？」

恵美は頭をリセットし、元の質問に戻った。紗江子の母は素手でガラスを割ったのだ。大怪我をしておかしくない。考えてみれば、むしろ無傷のほうが珍しい。

しかし女の子は首を横に振った。ずっと振りっぱなしだ。

それもそうか。入院が必要なほどの傷を負っていたら、あたりは血の海だったはずだ。後片づけをした際、そのように汚れてはいなかった。

「入院でないとしたら、じゃあ、おばあちゃんは近くの別の家に住んでるの？」

女の子はますます激しく首を振る。

「ごめんね、おばちゃんが変なことを訊いて悪かった」

とうとう涙を流しはじめた女の子をなだめ、振り落としてしまった眼鏡を拾いあげた恵美は、突然の訪問者に怯えてうまく答えられなかったのだろうと思う一方で、自分の娘は大人からの質問にきちんと答えられるだろうかと心配になった。

恵美は間宵家を出たが、駅には向かわなかった。仕事からも家庭からも解放された貴重な時間を潰してやってきたのに、このまま帰るわけにはいかない。高い塀で隔てられた、〈宇佐美〉と表札が出た家のインターホンを押した。

「お隣の間宵さんのことで伺いたいことがあるのですが」

そう切り出すと、

「つきあいがありません」

と切られ、その後ボタンを何度押しても応答はなかった。

高い塀は不仲の象徴なのだろうか。とすると反対側の隣家も期待できないという思いがよぎったが、〈宮坂〉という家の者は、何でしょうと応じてくれた。声から判断して、中学生か高校生の女の子だった。

「生活調査を行なっているNPO法人で、間宵さんのお宅に調査に伺ったのですが、今、お留守のようなので」

と適当なことを続けて、

「間宵さんのおかあさまは、現在、入院されているのでしょうか」

と尋ねると、

「いいえ。さっき自転車で出ていきましたよ」

女の子の母親、つまり紗江子のことを尋ねられたと勘違いしていると察し、

「おかあさんのおかあさんのことです。眼鏡をかけたちっちゃなお嬢ちゃんのおばあさんですね。入院されているのでしょうか」

と言い直す。

「亡くなりましたけど」

恵美は絶句した。

紗江子の母は、やはり怪我をしていた？　傷自体は浅かったため、手当てをせずにいたところ、黴菌(ばいきん)が入るなどして感染症に罹ってしまった？　紗江子も当初は、たいしたことないと軽く見て、通常どおり仕事に出てきていた。ところが週末になって容態が急変した。

「昨日亡くなったのでしょうか？」

「いいえ」

恵美は尋ねる。

「じゃあ、今日？」

「いいえ」

「一昨日？」

「ずっと前です。何年前だったかなあ……」

「何年？」

恵美は目を剝いた。

「あたしが小学校何年の時だったっけ。三年？　四年？」

「すみません、その、何年か前にお亡くなりになったというのは、間宵さんのお宅のおばあちゃんのことですよね？」

恵美は混乱しながらも尋ねる。

「そうですよ」

「ええと、すると現在、間宵さんのところは、紗江子さんとお嬢ちゃんの二人暮らし？」

「たぶんそうです」

「たぶん？」

「ほとんどつきあいがないから」

「一週間前も二人暮らしのようでした？」

「はあ？」

何年も前に死んだのだとしたら、先週の金曜日、渡辺住設に現われ、窓ガラスを割っ

たのは誰なのか？　それ以前から頻繁に弁当を届けに現われていたのは誰なのか？　幽霊⁉

「すみません、しつこいようですけど、それはお隣の間宵さんのお宅のことで間違いありませんね？　亡くなったのは、間宵紗江子さんのおかあさま」

「そうですけど、何なんですか？」

相手の声が険を帯びてきたので、恵美はそそくさと退散した。狐につままれた思いとは、まさにこのことだった。

家を間違った？　この間宵という家は、自分と同じ職場にいる間宵紗江子の家ではないのか？　しかし、そうそうある名字ではないし、会社に登録されている住所とも一致している。

深い霧に方向を見失ったような不安を振り払うべく、恵美は向かいの家に足を向けた。次はその隣、その次は向かいと、近所をくまなく訪ねた。

日曜日だからか留守宅が多く、次に多かったのが、在宅していても、押し売りに対応するようにまるで取り合ってくれない家で、二十軒ほど回って話をしてくれたのは、わずか二軒だけだった。

二軒とも宮坂さんと同じことを言った。間宵紗江子の母は数年前に亡くなっていると。

間宵紗江子に存命の母はいない——ということで間違いなさそうだった。しかし、事実として、職場に「母」が弁当を届けにきている。これをどう説明する。

幽霊――という解釈に納得できないのなら、別の解釈を考えなければならない。いったいどこの誰なのか。そして、その者が母親でないにもかかわらず、母であると紗江子が嘘をついているのはなぜなのか。

本人を問い質すしかないと恵美は思った。しかしいつ帰ってくるかわからず、日もずいぶん傾いたことでもあるし、恵美は今日のところは引きあげることにした。紗江子とは同じ職場なのだから、明日の昼休みに訊いてもいいのだ。

駅に向かっていると、三叉路のところに、酒店の看板を掲げる木造の商家があった。こういう、地域に根ざした商店は、地元住民の情報を多く持っているかもしれないと閃きのようなものを感じ、恵美は半分降りていたシャッターの前に立った。ガラスの自動ドアが開いた。

「やってないよ」

入るなり、無愛想な男の声が出迎えた。天井の蛍光灯は端の一つだけしか灯っておらず、冷蔵ケースのライトも消えており、店内は薄暗い。

声の主は机に坐っていた。机の天板の上に胡坐(あぐら)をかいていたのである。ビールメーカーの名前が入ったコップを持ち、かたわらには日本酒の一升瓶が置いてあった。

「承知してます。日曜日ですものね」

恵美は猫なで声で応じた。

「月曜日だろうがやってないよ。火曜も水曜も」

暗い冷蔵ケースに目を凝らすと、三台とも中ががらんとしていた。恵美は事情を察したが、何と応じていいかわからず、黙っていると、

「こんな住宅地のど真ん中じゃ、コンビニに転換しても先が見えてる。むしろ、ここまでよくもったよ。なあ」

男はコップに口をつけ、蔵元の屋号が染め抜かれた前掛けを愛おしそうになでる。店主らしい。

「ええと、ちょっと伺いたいことがあるのですが」

恵美はぎくしゃくと切り出した。

「お客さん、このへんじゃ見かけない顔だね。て、もうお客さんなんてものはいないのか」

「あ、はい、生活調査を行なっているNPO法人の者です」

「商売を畳んで生活がどうなるのか、俺が訊きたいよ。アパート経営しないかってしきりに言ってくるんだけど、駅から遠いこんな場所で部屋が埋まるもんか。そう思うだろう?」

店主はふんと鼻を鳴らし、コップの酒をぐっとあおる。

「ええと、こちらのお宅ではなくて、向こうに、間宵さんというお宅がありますよね」

恵美はその方向に腕を伸ばす。ああと店主は反応を示した。

「二十代後半の女性と、そのお嬢さんが住んでいますよね？」

「そうだね」

「ほかには？」

「今は二人暮らしだね」

「以前にはご主人も一緒に？」

「旦那は見たことがない。『この親にしてこの子あり』とは、よく言ったものだ」

「は？」

「婚外子は婚外子の母となる」

紗江子の母も、紗江子本人も、未婚の母ということなのか？

「ねえ、お客さんもお別れにつきあってくれないか？　あさって解体なんだよ」

驚きのあまり恵美が言葉を失っていると、店主が新しいコップを差し出してきた。

「お酒は……」

結構ですと断わるために振りかけた手を、すっと前に伸ばし、恵美はコップを受け取った。店主は酒のせいで口が滑らかになっている。機嫌をそこねて話を打ち切られてしまうのはもったいない。

「すると、以前は紗江子さんのおかあさまが一緒に住んでおられたのですか？」

一升瓶からなみなみと注がれた日本酒を唇ですくい、恵美は尋ねる。

「おかあさま！」

店主は相当聞こしめしているらしく、手を叩きながら笑って、

「鬼婆だったね、あれは。あれほど強烈な毒を撒き散らす人間は見たことがない」

問わず語りに間宵紗江子の母、己代子の話をはじめた。

未婚で紗江子を産んだあと、ふた回りも歳の離れた若者を夫として迎え、家事のできるペットのように囲っていたのだが、彼はやがて紗江子の同級生の母親と駆け落ちしてしまう。ここまでは下世話な色恋沙汰と苦笑しながら聞いていた恵美だったが、その後の己代子の奇行の段になり、すさまじく気味の悪い話の連続に、悪酔いしてしまいそうになった。

「耐えきれず、引越していった家もあるしね。生きていたら今も暴れてるかと思うと、ぞっとするよ」

店主は喋り疲れた喉を潤すように酒をぐびぐびやった。

「己代子さんはすでにお亡くなりになっているんですよね?」

恵美は念を押すように尋ねた。

「槍で刺しても銃弾をぶち込んでも死にそうにないタマだったのに、足を滑らせて、あっけなくね。人の運命はわからないものだね。ま、おかげで、奇声も鉦太鼓も悪臭も害虫を撒き散らす庭もなくなり、やっと町内に平和が戻ったよ。娘は普通だからね。母親が死んだあと、塀のポスターを剝がし、庭もきれいにして、長い間ご迷惑をかけましたと、近所に頭をさげて回った。そういう分別のある子だ。うちにも菓子折りを持って挨拶にきたよ」

店主はしみじみとした調子で言って、一升瓶からコップに手酌する。

紗江子がどれだけ常識的にふるまっても、いつあの母親の血が騒ぎ出すことかと、隣人から距離を置かれているのだろう。聞き込みに回った時の冷たい反応に、恵美はなんとなく理解がいった。

「己代子さんが亡くなったのはいつのことです？」

恵美は確認する。

「四年前？　五年？」

これまでの聞き込みによる情報と一致している。

「ほかに同居している方はいないのですね？」

「いない。いや、いるかも。あれは絶対成仏してないだろうから」

店主は幽霊のように手を垂らす。

「近所にお姑さんが住んでいませんか？」

「姑？」

「己代子さんのご主人、夢之丞さんのおかあさん」

紗江子から見たら義理の祖母にあたるが、歳は己代子と同じくらいと考えられ、紗江子は彼女に実母の姿を重ね合わせているのかもしれない。しかし店主は、

「聞いたことないよ」

「では、間宵さんと親しくされているご近所の方はいらっしゃいますか？」

母子家庭ということで何くれとなく気にかけ、頼まれもしないのに弁当を作って職場に届けるようなお節介をするかもしれない。「母」とは、「母のように世話を焼いてくれる人」という意味なのかもしれない。

「僕は知らないし、たぶんいないよ」

店主は首を振った。

「ご近所さんでなくてもいいです。間宵さんのお宅によく訪ねてくる方はありませんか?」

亡き母親の奇行に悩まされたこのあたりの者は、あえて近づこうとしないかもしれないが、過去を知らない者なら、印象も対応も異なるだろう。しかし店主はこれにも首を振った。

「見たことないし、たぶんいないよ。彼女、子供のころから、自分から人を避けている感じだし。母親があぁだから、自分は逆に存在を消すよう努めていたのかもしれないね」

間宵紗江子が人を避けているということについては、恵美も納得した。彼女は職場でも壁を作っている。

しかし、すると「母」はどうなる。実母はとうに亡くなっており、同居人はおらず、お節介な第三者の存在も見えず、では弁当を持ってくる「母」は誰なのだ。自縛霊としてこの世にとどまっている実母、とは思いたくない。

同居人がいないというのは、厳密には間違っている。娘がいる。しかし、一人で弁当を作ったり電車で一時間もかけて届けたりするには幼すぎる。恵美も、七歳になる娘にはまだ火を使わせないし、バスや電車に一人で乗せることもない。

「お嬢ちゃんはいくつですか？」

念のため恵美は尋ねた。間宵紗江子は実年齢より十歳は老けて見える。外見的な成長が遅れている。彼女の娘は逆に、実年齢より若く見えているとしたらどうだろう。外見的な成長が遅れている。小学校の高学年なら弁当を作れ、電車も一人で乗れる。

「さあね。いや、ランドセルを背負って歩いているのを見るようになったのは今年に入ってだから、小一だな、たぶん。いつも一人なのは、母親譲りなのかねえ」

最後の思いつきも実を結ばず、恵美はコップを置いた。店主は一升瓶を差し出してきたが、子供たちがおなかをすかせて待っているのでと断わった。去り際、下世話な興味から訊いてみた。

「ところで、お嬢ちゃんの父親はどういう方なんですか？」

「さあね」

「あの家で一緒に住んでいたことはないのですか？」

「それらしき男は一度も見たことがないね」

「紗江子さんの実の父親はおかあさまの仕事関係の人らしいとのことでしたが、紗江子さんのお相手について、そういう噂のようなものはないのでしょうか」

「聞いたことないねえ」

「紗江子さんは昔から異性との交際には積極的だったのですか？」

職場での印象からは、未婚の母になるようなタイプにはとても見えないのだ。

「母親のほうはおかしくなる前から押しが強かったけど、娘のほうは引っ込み思案だった。男子と一緒に歩いているところを見たこともない。けどまあ血のつながった親子なんだから、根っこのところでは似てるんじゃないの」

満足のいく答えは得られず、恵美は抜け殻となった酒屋をあとにした。

当地を訪れた所期の目的は達成できなかった。代わりに、驚きの事実が次々と掘り起こされた。悲惨さと気味の悪さが折り重なった話に、恵美はぐったりしてしまった。しかも肝腎の「母」の正体が摑めず、消化不良のような胸のつかえも残った。

その疲れに日本酒による酔いが作用し、さいわい確保できた帰りの電車の席で恵美は、単調な揺れにいざなわれて舟を漕いだ。そして短い夢を見た。夢というより、記憶のよみがえりだ。

割れた窓ガラスの後片づけをした時のことだ。恵美は事務所の床に掃除機をかけ、血の汚れをウエットシートで拭き取った。それから外に出て、大きなガラス片は手で拾いのけ、小さなものは箒で塵取り（ちりとり）に集めた。

そこで恵美はハッと目覚めた。

事務所内に掃除機をかける前に大きなガラス片を取りのぞいただろうか？　記憶にな

て、その中に破片を入れた記憶も残っている。

い。一方、屋外では数多くのガラスを手で拾った。潰してあった段ボール箱を組み立て、その中に破片を入れた記憶も残っている。おかしいと恵美は思った。どうして事務所内に目立った破片が落ちていなかったのだろう。外から窓ガラスを割ったら、その破片の多くは室内側に落ちるのではないだろうか。屋外に落ちるのは、室内側から割られた場合である。

恵美はもう一度ハッとした。完全に覚醒した。

ガラス片が室外に散っていたのは、事務所にいた人間が割ったことを物語っているのである。あの時、事務所の中には三人いた。渡辺常務は窓から離れた定位置に引きこもっており、自分はもちろん割っていない。二人がシロなら、該当する人物は残りの一人、間宵紗江子しかいない。にわかには信じられないが、物理的な状況から、答えはそれしかない。では彼女は、どうして窓ガラスを割るようなことをしたのか。

割ったのではなく、割れてしまった？　強めに叩いたところ、もともと傷があるなどで弱くなっていたその部分が外力に耐えきれず崩壊した。ではいったい何だってガラスを叩いたのだ。

ノックだ。「母」が訪ねてきたと思わせたかった。

今日の聞き込みで、紗江子の実母は他界しているとわかった。一方で、ときどき渡辺住設に「母」が現われるのは事実なわけで、これが恵美に消化不良を起こさせていたのだが、「母」が紗江子の想像上の人物であるなら腑に落ちる。

毎度紗江子が自分で窓ガラスをノックし、母が訪ねてきたと嘘をついて外に出ていっていた。弁当は、自分が朝持ってきたものを服の中に隠すなどして出ていき、さも外で受け取ったようにして戻ってきた。

「母」というのは、紗江子の自作自演による代物なのだ。恵美は確信した。

だが、自作自演を繰り返す理由がわからない。電車を降りるまで考え続けたが、納得のいく答えは思いつかなかった。

翌月曜日、恵美が出勤すると、間宵紗江子はすでに来ており、床を掃除していた。恵美の喉の奥には数々の質問が押し寄せていたが、ぐっとこらえて朝の挨拶だけにとどめた。昼休みも、常務が出前を取って事務所を離れなかったため、紗江子には話しかけなかった。

一日の仕事が終わり、ようやくその時がやってきた。

「間宵さん、ちょっといい？」

帰りじたくをはじめた紗江子を恵美は呼び止めた。常務は真っ先に退社している。

「聞いてるかしら、きのうあなたがお出かけの間、お宅に来客があったこと。あれ、私なの」

紗江子は怪訝そうな顔を恵美に向けた。

「あなた、お嬢さんがいるのね。知らなかったわ。驚いた」

紗江子も驚いた顔をした。

「驚いたといえば、あなたのおかあさまはお亡くなりになっているのね。お弁当を届けにいらしてるのはどなたなの？」

紗江子はさらに目を見開いた。

「窓ガラスが外から割られたら、破片は屋内に飛び散る。屋内から割られたら、外に飛び散る。この間はどっちだったと思う？」

さあ答えてみろと、恵美は顎を突き出した。紗江子は体をねじり、両手をトートバッグの上に浮かせた状態で固まっている。恵美は言葉では追撃せず、胸を張って紗江子を見据えた。

「すみません」

紗江子が小さく頭をさげた。恵美が黙っていると紗江子は、すみませんともう一度言った。

「謝罪を求めてるんじゃないんだけど。何がどうなっているのか知りたいだけ。その説明ができるのは、間宵さん、あなただけでしょう？」

恵美は感情を抑えた声でプレッシャーをかけた。紗江子はふたたび黙り込んだ。次の言葉まで、ずいぶん待たされた。

「一日待ってもらえますか？」

「一晩言い訳を考える？」

恵美は意地悪く切り返した。

「おっしゃるように、わたしには子供がいます。黙っていてすみませんでした。母親の帰りが遅いと不安になるだろうし、わたしも心配なので、今日は帰らせてもらえませんか？　明日なら、帰りが遅くなってもいいように、準備しておけます」

「娘さん、おいくつ？」

「今年小学校にあがりました」

「うちの下の子と一緒ね。お子さんは一人？」

「はい」

「その歳だと、長いこと一人にしておくのは心配よね」

「学校の近くに学童クラブがあるので、明日はそこに行かせます」

「それにはおよばないわ。今日片づけてしまいましょう」

「ですから、今日は――」

「車の中で話しましょう」

「車？」

「お宅まで車で送ってあげる。電車より少し時間がかかるけど、そのくらいの遅れなら平気でしょ？」

いつも自転車で通勤している恵美が今日にかぎって車で来たのは、この事態を見越してではなかった。出がけの風雨がひどく、レインコートが用をなしそうになかったからだ。子供たちも学校まで車で送った。はからずも車で来たのは何かの僥倖（ぎょうこう）だ。

雨は午過ぎにあがっている。前線の通過により、天候が急速に回復したのだろう。子供たちを迎えにいく必要はない。上の子は小学六年生で、いつも恵美が帰宅するまで下の子のめんどうをみてくれている。夕飯のしたくまではまかせられないが、さいわいなことに車で十五分のところに夫の実家がある。多少のいやみを我慢すれば頼りになる存在である。

トラブルで残業になったので子供たちをお願いしますと姑に電話を入れ、恵美は紗江子と一緒に事務所を出た。駐車場までの道すがら紗江子は、ご迷惑をおかけすることになるのでとか、車には弱いのでとかぐずっていたが、車に乗ると観念したのか、出発してすぐに自分から話しはじめた。

「母が亡くなっていることをご存じでしたら、生前の母についてもお聞きおよびですよね？」

紗江子はリアシートに坐っている。恵美は助手席のドアを開けたのだが、後ろに乗ると言って聞かなかった。

「会社を興されたんですってね。すごいわぁ」

恵美はすっとぼけた。

「継父がよその奥さんと駆け落ちしてしまったことで、母は変わってしまいました。ご近所の迷惑になるようなことも、たしかに数知れず行ないました。けれどわたしにとっては、ただ一人の母です。かけがえのない存在でした」

紗江子は目を閉じ、頬に手を当てた。昔日の面影を取り出しているのか、そのまま押し黙ってしまった。恵美は急かさなかった。

「和香菜（わかな）もかけがえのない存在です」

やがて紗江子は顔を窓の外に向けて口を開いた。

「たった一人のわが子です。大きな病気を抱えて生まれてきて、よくここまで元気に育ってくれました。普通に学校に行けるなんて、夢のようです。角膜混濁という目の病気です。生まれつき虹彩と角膜が癒着していて、外見上も角膜が濁っていました。両眼ともです。角膜の濁りは光をじゃまするため、物を見る能力の発育がさまたげられ、成長しても視力がいちじるしく弱くなってしまいます。角膜の混濁は成長にしたがって軽くなることもありますが、それでも健康な子ほど見えるようにはなりません。そして和香菜の場合、症状が重く、自然に混濁が取れることは期待できませんでした。そのまま放置すれば、視力の問題だけでなく、高い確率で緑内障にもなるとのことでした。いえ、影響は目にとどまりません。口や耳、心臓の病気を併発することも少なくないというのです。どうして目の病気が心臓にもおよぶのか、いくら説明を聞いても理解できませんでしたが、お医者さんにそう言われたら、ああそうなんだ、和香菜は心臓の病気で死んでしまうんだと、ものすごく怖くて絶望的な気分になりました。治療の方法としては角膜移植がありました。早ければ早いほどいいとのことでした。けれど角膜移植には問題点もたくさんありました。生後間もない体には手術の負担が大きく、拒絶反応や合併症の危険性も高いのです。わたしはリスクを承知したうえで、先生に手術をお願いしました。でも、じゃあ明日手術をしましょうとはならないのです。この治療の一番の問題点は、ドナーが見つからないことにははじまらないということなのです。角膜の提供を待っている間に和香菜が大きくなってしまったら、移植手術は手遅れになってしまいます。もちろんその説明は受けていたので、最初から覚悟はしていました。けれど、理性でわかっていても、本能は納得しないのです。十五分おきにケータイをチェックし、病院からの着信がなく、夜になると、ああ今日もだめだったと、この世の終わりのような気分になる。そういう毎日がひと月、ふた月と続き、和香菜よりわたしのほうが先に潰れてしまいそうでした。そこに救いの神が現われたのです。母です。母が近所を騒がせていたことはご存じかと思いますが、うちの中でも発作的な行動を取っていました。突然大声をあげたり、踊りだしたり。あの時のことは今もはっきり憶えています。わたしは台所で夕飯のしたくをしていました。母はうちの階段をのぼりおりしていました。足腰がなまらないよう、日々そうやって運動していました。ギシギシうるさく、そのうち家が壊れてしまうのではと心配でしたが、外に出ていってご近所とめんどうを起こされるほうがたまらないので、黙ってやらせていました。すると、ドンガラガンとものすごい音が、それにかぶさって悲鳴も轟きました。母は足を滑らせ、階段から落ちたのです。一階と二階をつなぐ、たった十三段の階段でしたが、打ちどころが悪く、すぐに救急車を呼んだものの、脳挫傷で亡くなりました。そして急遽（きゅうきょ）、和香菜の手術が行なわれることになりました。母の角膜を移植することになったのです。幼い体で、あの子はよく耐えてくれました。拒否反応も合併症もありませんでした。手術は成功したのです。その後の経過も良好で、視力こそ弱いものの、パイロットや外科医を目指さないのであれば、生活レベルでは支障ありません。みんなと一緒の学校にもあがれました。今あの子が元気でいるのは母のおかげです。母が和香菜を救ってくれたのです」

どこで息継ぎをしているのかというような一気の喋りだった。その抑揚のない口調は、他人に説明しているというより、何かに取り憑かれ、トランス状態で体の奥から言葉を吐き出しているように見えた。恵美は圧倒され、相槌ひとつ打つことができなかった。

「わたしはずっと母のことをこころよく思っていませんでした。一番悪いのは継父です。母がああいうふうになってしまったのは、継父が浮気をし、駆け落ちしたからです。けれど原因がどうあれ、母が周りに迷惑をかけ続けていたのは事実で、母の言動は娘であるわたしの日常に大きな影を落としました。『狂女の娘』ということで、近所でも学校でも白い目で見られる毎日でした。露骨にいじめられることはありませんでした。間宵紗江子をいじめたら鉢巻きに蠟燭(ろうそく)を挿(さ)した母親が両手に出刃庖丁で飛んでくる、というような噂がまことしやかにささやかれていたからです。直接いじめを受けなくても、そういう噂が耳に入ると心が痛むし、さわらぬ神にといった感じで無視されるのもつらいものです。だからわたしは母のことをよく思っていなくて、いえ、恨んでいたと言っていいでしょう、でも子供のわたしはあの人なしには生きていけなくて、成人したらしたで、独立してやろうとお金をコツコツ貯めたものの、あの人を見捨てて出ていくのは人でなしのようで気がとがめ、どうしても関係を絶つことができず、いやいや一緒に暮らしていたのです。それなのに……。あの人がいなかったら、和香菜はどうなっていたことでしょう。想像するのも恐ろしい。母は自分の命と引き替えに、孫を救ったのです。感謝してもしきれません。けれど感謝の気持ちがわたしの中に芽生えた時、母はこの世におらず、わたしはありがとうの一言すら伝えることができませんでした。わたしはそれが無念でならず、そして生前忌み嫌っていたことを申し訳なく思いました。そういう強く深い後悔は、母の死を認めたくないという気持ちを生み、膨らませました。気がついたら母の服を買っていたり、ごはんも母のぶんまで作って並べたり、おかあさんお風呂をどうぞと呼びかけたり、履歴書に母親と同居していると書いたり、そしてああいう行動を……。わたしにはやさしい母がいる、いつもわたしのことを気にかけてくれている、こうやって弁当も届けてくれるのですよ、とアピールしたくて演技を続けました。変ですよね？　わたしもおかしいと思ってました。でも、一度嘘をついてしまった以上、引っ込みがつかなくなりました。それに、母を演じることをやめたら、母がいなくなってしまうような気がして……。とっくにいないのに、どうかしてますよね、わたし」

紗江子は大きく息を吐き出し、力つきたようにドアにもたれかかった。そのまま目を閉じ、続いて何かを語り出すこともなかった。

しばらく車を走らせてから、信号待ちのタイミングで恵美は尋ねた。

「あえて自宅から遠い職場を選んだのね?」

「はい」

紗江子は目を閉じたまま、か細い声で答えた。

「地元だと、己代子さんのことを知っている人がたくさんいる。そういう人たちに色眼鏡で見られながら働くのはつらい」

「はい。渡辺住設でお世話になる前も、電車で三十分かけて通勤していました。けれどどういうわけか母のことが広まってしまい、いづらくなって辞めました」

「私は誰にも言わないから、辞めるなんて言い出さないで。あなたは有能だから、いてほしい」

返事はなかった。微妙な空気になったことを感じ、恵美はすかさず話を戻した。

「間宵さんは、おかあさまのことで、ずいぶんつらい思いをした」

「はい」

「おかあさまが亡くなったあとも、近所の人からは差別的な扱いを受けている」

「差別的というのとは……」

「おかあさまの件が尾をひいていて、どこか避けられている」

「それは、まあ……」

「お嬢ちゃんは? お友達があまりいないというような話を耳にしたんだけど、学校でいじめられてない?」

「それは……」

「そうなのね？」

「いじめというか、ちょっと仲間はずれに。和香菜ちゃんには近づいちゃいけませんというようなことを親が言ってるとか」

「それ、いじめじゃないの。学校には言った？」

「先生は味方になってくれません。わたしは子供の時に身をもって知らされました。頼っても何もしてくれないばかりか、被害妄想あつかいです。学校は多数派を秩序として成り立っている世界です」

紗江子は語気を強めた。彼女が感情をあらわにするのはきわめて珍しかった。

「地元を離れたら？　過去のことを知っている人がいない土地に引越す」

「あの家は、母が女手一つで会社を興し、寝食を削って働き、建てたものです。母の心血の結晶をわたしの一存で手放すなんてできません。墓前にどう報告すればいいのでしょう。それに、あそこを離れたら、母との思い出もなくなってしまいそうで」

「そうね。それに、こちらが悪くないのに引越すなんて、おかしいわよね。お嬢ちゃんの学校でのこと、ご主人には相談した？」

恵美はさりげなく質問をシフトした。

「主人はいません」

「亡くなられたの？」

返事がなかった。

「離婚しても、子供にとって父親であることは変わらないのだから、大事な問題には一緒に立ち向かっていかないと」

「わたし一人で立ち向かいます」

かたくなな口調だった。

紗江子の娘は婚外子らしいと酒屋で聞き、パートナーがどういう男だったのか、恵美は興味本位で気になっていた。子供がいることを職場で隠していたのは、言えば、父親のことを尋ねられ、それに答えるのが嫌だったからなのだろう。明かしたくないとなると、ますますどのような男だったのか知りたくなるが、この場で引き出すのは難しそうだった。

その後は、渡辺常務の悪口や芸能ゴシップなど、あたりさわりのないことを恵美が一人で喋り続けた。

紗江子のことは長郷駅で降ろした。彼女はいつも自宅から駅まで自転車を使っており、風雨がひどかった今朝も、傘を差して強行突破したという。たしかに、歩ける距離だが、自転車に乗りたくなる距離でもある。

別れ際、

「今度、うちの子を連れて、お宅に遊びにいっていい？」

と恵美が言うと、紗江子はひどく驚いた顔をした。

「言ったかしら。下の子、和香菜ちゃんと同い歳。周りが習い事をやっている子ばかりで、土日もお稽古や発表会で、遊び相手がいなくてつまらなそうなの。一緒に遊んでもらえると助かるわぁ」

次の週末、恵美は次女の美羽を連れて紗江子の家を訪ねた。子供たちは、ゲームを媒介に、すぐに打ち解けた。

翌月は恵美が車を出し、山麓の牧場までドライブし、湖畔で弁当を広げた。

十月のこの日は、ハロウィンが近いので、紗江子の家でクッキーを作ろうということになった。材料を計り、混ぜ、伸ばし、生地を動物の輪郭の型で抜いていると、子供たちは途中で飽きてしまい、鬼ごっこなのか隠れん坊なのか、家の中や庭を走り回って遊びだした。仕上げは親たちで行ない、目鼻を入れたクマやウサギをプレートに並べると、ガスオーブンに入れた。

「立派よねえ」

恵美は羨望の溜め息をついた。ガスコンロの下に組み込まれているオーブンは、七面鳥や子豚の丸焼きが作れそうなほど大きなものだった。

「見た目だけです。全部手動だし、温度もアバウトだし、今のオーブンレンジのほうがずっと使い勝手がよく、失敗もありませんよ」

紗江子は重そうな鉄の扉を閉じ、ロータリー式のスイッチを入れた。

「シンクも広いし、下ごしらえも後片づけも楽よね。うちなんか、バットもろくに並べられなくて、凝った料理ができない」

「肉野菜炒めやカレーばかりじゃ、宝の持ち腐れですよ。と、汚れた食器を溜め込んでおけるか」

紗江子は笑って洗いものをはじめた。「母」の告白をしたあと、かなり明るくなった印象である。

粉まみれのテーブルや床もきれいになったところでクッキーが焼きあがり、子供たちを呼んでティータイムにした。おいしいおいしいと、二人は競うようにクッキーを頬張った。実際は焼きが甘く、中心部がマドレーヌのような歯ごたえだったのだが。二人とも気分が高揚していたのだろう。止めなければ全部平らげてしまいそうな食べっぷりだった。

「和香菜ちゃんち、すごいんだよ」

美羽が茶色い粉だらけの顔を恵美に向けた。

「すごいよねー。うちの狭いお台所とは違うよねー。帰ったら、『リフォームしよう』ってパパにおねだりしなくっちゃねー」

恵美はウエットティッシュで娘の口元をぬぐう。

「あっちの畳の部屋もすごいんだよ」

「美羽ちゃん、続き、続き」

和香菜が手を叩いて椅子を引いた。美羽は指先の粉を嘗めながら立ちあがる。

「『ごちそうさま』は?」

恵美が注意すると、

「ごちそうさま」

美羽はちょこんと手を合わせ、和香菜と一緒にダイニングを駆け出していった。美羽が話しかけてきた際、和香菜が意図的に割り込んできたように恵美には感じられたのだが、たまたまタイミングが悪かったのだろうと、数秒後には何も気にならなくなっていた。

「すっかり仲よしさんね」

恵美は目を細め、マグカップを口に運んだ。

「いい友達ができて、本当によかったです。ありがとうございます」

紗江子が頭をさげた。

「こちらこそ。違う学校のお友達ができると見識が広がるわ。和香菜ちゃん、学校のほうはどうなの?」

「そうですね……」

紗江子は返事になっていない言葉を返して目を伏せた。相変わらず仲間はずれにされているようだったが、無責任なアドバイスしかできないので、恵美はこの話題を打ち切った。

「間宵さん、髪はおろして短くしたほうが似合うと思う」

「そうでしょうか」

紗江子は後ろで結んで垂れた髪の束に手を当てる。彼女はいつも引っ詰めにしている。

「そうよ。レイヤーとシャギーを入れて。あと、ノーズシャドーとシェーディングを使えば、顔がぐっと引き立つわよ。ちょっとやってみない？」

「えーっ？」

「髪を切るのは無理だけど」

「そんなしゃれた化粧品も、うちにはありません」

「持ってきてる」

恵美は紗江子を洗面所に押していき、ミラーキャビネットの前にダイニングチェアを置いて坐らせた。ポーチから携帯用の化粧品を出し、顔の中心部にコンシーラーを、周辺にチークを入れ、スポンジと刷毛でぼかしていく。

「ほら、いい感じじゃない。何もしてないから老けて見えるのよ」

不用意にも口を滑らせてしまったが、紗江子は気づかなかったようで、膝に手を置いてかしこまっている。

顔が立体的になったところで、眉を整え、目元を際立たせていると、洗面所のドアが勢いよく開いた。

「ママー、美羽ちゃん見なかった？」

和香菜だった。

「こっちには来てないわよ」

紗江子が鏡に向かったまま答えた。

「おかしいなあ」

和香菜は腕組みをして首をかしげる。

「隠れん坊？」

アイラインを引きながら恵美が尋ねる。和香菜がうなずく。

「だったら、自分で捜さなくっちゃ。人の力を借りるのは、ずるだぞ」

「でも、トイレにもキッチンにもお二階にもいないんだもん」

「お外に出たんじゃないの？」

紗江子が言った。

「いないよ。ガレージにも隠れてなかったよ。押入れや箪笥(たんす)の中も捜したよ。ソファーの裏も三回覗いたよ。お風呂見ていい？」

和香菜は洗面所に入ってきて、磨りガラスの引き戸を開けた。タイル貼りの浴室に靴下の足でおり、浴槽の蓋を開ける。

「いないなあ。おかしいなあ」

和香菜は腕組みをして、左に右に首をかしげる。

「道路に出ていったのかしら」

恵美に不安な気持ちが芽生えた。

「門から外に出るのは、なしだよ」

そうルールを決めていても、小学一年生である。恵美は化粧品を置いて洗面所を出た。

玄関に美羽の運動靴があった。さすがに裸足では出ていかないだろう。

「ここは？」

恵美はトイレの向かいの閉じた襖を指さした。

「おばあちゃんの部屋も、なしだよ」

「この部屋に隠れちゃだめと決めたことを忘れてしまったのかも」

「そうかなあ」

「見てみましょうか」

紗江子が洗面所から出てきて襖を開けた。真っ暗だった。湿っぽく、埃(ほこり)っぽい臭いが漂い出てきた。紗江子は壁を探って電灯のスイッチを入れた。恵美は息を呑んだ。小さく声を発したかもしれない。

六畳ほどの広さの部屋だった。座敷のようだったが、畳はほとんど見えなかった。皿、枕、電卓、タオル、マグカップ、雑誌、ぬいぐるみ、血圧計、シャツ、達磨、請求書、リモコン、定規、ペットボトル——さまざまなものが畳の上に散乱していた。その中心には炬燵(こたつ)があった。まだそんな季節ではないのに、炬燵蒲団もかけられている。窓にはカーテンが引かれている。電灯をつける前は真っ暗だったので、雨戸もたてられているのだろう。

「母が使っていたそのままの状態で残してあります」

前回訪問した際には、恵美はこの部屋を見ていなかった。取り散らかった部屋の様子が、酒屋で聞かされた間宵己代子の人物像と見事に一致した思いだった。

和香菜が、クッションや帽子やペットボトルの間を器用に縫っていく。

「いないよ」

炬燵蒲団をめくって中を覗くと、さらに奥に分け入っていき、押入れの襖を開けた。

「いないよ」

襖を閉めて廊下に戻ってくると、

「美羽ちゃーん！　降参！」

口の両横に手を立て、その場でくるくる回りながら、大きな声で呼びかけた。返事はなかった。

「第二弾入れたっけ？」

恵美は独り言のように口にした。横で紗江子がきょとんとした。

「クッキー。最初に焼きあがったあと、もう一度オーブンに入れた？」

「いいえ」

「そうよね。大きいから、一度に全部入れられたわよね。じゃあ、これ、何？」

「はい？」

「なんか焦げ臭くない？」

どこから臭ってくるのだろうと、恵美は首を回した。紗江子は鼻の横に手を当て、首をかしげながらキッチンの方に歩いていった。

「美羽ちゃんって、隠れん坊名人だね」

和香菜が恵美の腕を引いた。

「ホント、どこに隠れてるんだろうね」

恵美は笑って応じたが、不安な気持ちは消えていない。

「さっきはね、衣装ケースの中に隠れてたんだよ。あんな狭いのに、びっくりだよ。体、やわらかいね」

「ねえ、なくなってる靴はない？　サンダルとか」

人の履き物で外に出ていったのかもしれないと恵美は思った。道路に出たら危ないし、不案内な土地で迷子になっているかもしれない。

「んー、みんなあるよ」

「中も調べてみてくれる？」

と恵美が靴箱の扉を叩いた時だった。

空気も時間も切り裂くような悲鳴が轟いた。

靴箱に背を向け、和香菜がだっと駆け出した。遅れて恵美も続いた。ドアを開けて居間に入ると、先ほど来の焦げ臭さが一気に強くなった。

「だめ！　来ないで！」

紗江子の叫び声が響く。

「だめ！　だめ！」

キッチンに駆け込んだ和香菜が押し出された。転びかけた小さな体を抱きとめ、恵美は暖簾を掻き分けた。耐えがたい臭いに顔をしかめた。

「岩室さんも来ないで！　見ないで！　だめ！　だめ！」

しかし恵美は見てしまった。

オーブンのドアが開いていた。黒い塊が覗いていた。ズブズブと煙をあげていた。

恵美は絶叫し、その場にくずおれた。

祭壇の前の席で目頭を押さえていた恵美は、肩を叩かれたことに気づき、緩慢に顔をあげた。

「来てるんだけど」

嫂（あによめ）が困惑した顔でささやいた。

「帰ってもらってください」

昨晩の通夜もそうしてもらった。

「式がはじまる前に焼香だけでもって」

「断わってください」

「どうしてもって聞かないの。ホールに立ってる。この部屋の入口をじっと見てる。怖いんだけど」

恵美は振り返った。式場の入口は開放されているが、人の姿は見えない。

恵美はハンカチを握って立ちあがった。すでに席に着いている参列者に機械的に頭をさげながらホールに出る。観音開きのドアの横にテーブルがあり、従姉妹二人が受付をやってくれている。

ホールの太い柱の陰に喪服の女が立っていた。濃紺のワンピースを着た赤い眼鏡の少女を連れている。恵美は二人の方につかつか歩んでいくと、柱の手前で立ち止まった。

「お帰りください」

女の顔は見ず、上着の裾(すそ)あたりに向かって言った。

「これを」

香典袋が差し出される。

「結構です」

「お焼香だけでもさせていただけないでしょうか」

「遠慮します」

「美羽ちゃんのご冥福を祈らせてください」

「冥福!」

恵美はとうとう我慢がならず顔をあげた。

「線香をあげながら、『ざまあみろ』と舌を出したいんでしょうが」

「そんな——」

「殺してくれた人間が、よくもまあ、ぬけぬけと」

「わたしは——」

「殺してないって？　法律上の言葉の定義なんてどうでもいい。直接手をくださなくても、あなたのせいで美羽はあんなことになったのだから、これは立派な殺人」

「申し訳ありません」

間宵紗江子は深々と頭をさげる。

「認めるのね、殺したことを」

「不幸な事故が起きる危険性があったのに、それを見過ごしてしまったことは、本当に申し訳なく思っています」

「不幸な事故！　それですませるつもりなの!?　盗っ人猛々しい！　そんなのが世間で通用するもんですか！　訴えてやる！」

恵美は二つの拳を振りあげ、きかん坊のように振りおろした。狙ったわけではないのだが、紗江子の手に当たり、袱紗が床に落ちた。

「ああもううるさい。何なの、この人」

心底うんざりしたようなつぶやきが響いた。

「何ですって？」

恵美は眦を決した。鏡でも見ているように、紗江子も目を見張った。驚いたように、あるいは何かを恐れるように、眼球が落ち着きなく動いている。

「何よ、その顔芸は」

恵美は半歩詰め寄る。紗江子は首を左右に振る。

「とぼけないで。ちゃんと聞こえたんだから」

恵美は平手を振りあげた。振りおろそうとすると、足の爪先に軽い痛みをおぼえた。

「こんなに近くにいるのに人違いするようじゃ、あんた、老化が相当進んでるぞ」

恵美の靴の先を、小さな靴が踏みつけていた。

「聞こえにくいのなら、しゃがんで。私がいくら背伸びしても、そっちと顔の高さを合わせるのは無理だから」

恵美は啞然とした。声の主は和香菜だったのだ。

「あと、人払いしたほうがいいよ。恥をかきたいのなら別だけど」

恵美が声を荒らげたことで、何事かと寄ってきた者が何人かいた。恵美は和香菜の言葉に操られるように、こっちに来ないよう、動作で追い返した。

「あんたは自分の願望を他人に押しつけているだけ。現実を見なさい」

大人の口調だったが、声は幼く、間違いなくこの少女が喋っていた。

「オーブンには美羽ちゃんが勝手に入ったんだよ。自分の意志で、あの中に隠れることにした。点火したのも美羽ちゃん自身。あのオーブンはそもそも、おしゃれだからと見た目で選んだアンティークで、今ではあちこちがたがきていた。レバーが緩いのもそう。美羽ちゃんは足からオーブンに入り、体をもぞもぞ動かして奥に進んでいき、頭まで収まったところで、手を外に伸ばしてドアを閉めた。この時、手がレバーにふれ、過って動かしてしまい、点火してしまった。というのが、消防と警察の見解。あんたも説明を受けてるでしょう？　ぼーっとしてて、聞いてなかったの？　つまり、あれは事故だったの。なのにどうして紗江子を非難するの？　一般家庭のくせに子供が入れるほど大きなオーブンを設置していたから事故が起きた？　点火レバーが甘いのに使い続けていたから事故が起きた？　つまり、事故であったとしても、責任は、機器を管理すべき立場にある間宵紗江子にあり、それを怠った彼女は岩室美羽を殺したも同然である？　そういうのを何と言うか知ってる？　いちゃもん。責任は、オーブンや洗濯機のような危険な場所には入らないよう、日ごろからしつけておかなかった親の側にあるんでしょうが。中に人がいるとは普通思わないから、第三者が外からスイッチを入れちゃうよ。洗濯機や乾燥機で、そういう惨事がたまに起きるじゃないの。つまり、美羽ちゃんを殺したのは、教育を怠った彼女の親なんだよ。まさかあなた、そういうことを教えるのは学校の役目だと思ってる？　なんだか雲行きが怪しくなってきたね。矛先を変えてみる？　隠れん坊をしなければあんな惨事は起きなかった、隠れん坊に誘った間宵和香菜が悪い？　残念でした。隠れん坊しようと言い出したのは美羽ちゃんのほうです。証拠がない？　あるよ。隠れん坊する前には紗江子のスマホで遊んでた。美羽ちゃんが『隠れん坊しようよ』と誘ってる動画が残ってる。あら、逃げ道がなくなった？　親の責任の大きさは、あんたもわかってるんだよね、本能では。でもそれを認めたら精神が崩壊してしまうから、人のせいにしようとしている。自分のせいでわが子の人生を奪ってしまったなんて、やっぱり思いたくないよね。訴えてやると息巻いてるのも同根。賠償金目当てというより、娘の死の責任が第三者にあると公的なお墨つきをもらいたい。言い換えれば、岩室恵美はちっとも悪くないから責任を感じなくていいよとお上に言ってもらうことで、だよねーって安心したい。でも、よく考えて。そもそも今回の事故は身から出た錆なのよ、あんたの身から出た。あんたさあ、どうして、うちに来たのよ。夏までは、会社で机を並べていても、挨拶するだけの間柄だったのに、自宅に子供を連れて遊びにいくなんて、どういう風の吹き回し？　それはね、憐れみ。おかしな母親のせいで肩身の狭い思いをし、なのに負い目を感じているという、不幸の塊のような女と、病気をもって生まれた娘をかわいそうに思い、友達になってあげようと思った。ボランティア精神よね、上から目線の。そうやって自分に酔い、わが子まで巻き込んだ結果が、これよ。不幸な同僚なんか、不憫に思うだけで、ほっとけばよかったのに。そしたら今ごろ家族四人でディズニーランドだったのにね。と、今日は平日だから学校か」

言葉の烈風に恵美は吹きさらされた。驚きのあまり、止めることも言い返すこともかなわなかった。

「ごめんなさい。ごめんなさい。ごめんなさい」

気がついたら、目の前に土下座をする女がいた。その姿が徐々に鮮明になり、間宵紗江子だと認識した時、恵美の体の芯が突然熱くなり、それは瞬く間に全身に広がった。

「あなた、子供に何吹き込んでるの？」

恵美はひとつ足を踏み鳴らし、紗江子の頭上から問うた。紗江子は土下座した状態でぶるぶる首を振った。

「七歳の子が自分の意志であんなことを喋れるわけないでしょ。子供を使って言わせるなんて、ずるいったらありゃしない！」

「まだ六歳。早生まれだから」

そう答えたのは和香菜である。紗江子は横で、ごめんなさいごめんなさいと土下座を繰り返している。

「何かおっしゃい！」

恵美は両腕を振りたてた。

「ごめんなさい。本当にごめんなさい」

「それじゃあ何もわからないでしょ！」

「わからないのは、あなたの理解力の問題」

和香菜が言った。

「何よ、どういうつもりなのよ」

しかし恵美は紗江子を責める。自分と正対せず、あさっての方に頭を向けている、そのなめたような態度も赦せず、紗江子の肩を上から摑んで左右に揺すった。紗江子は無抵抗で、ごめんなさいを繰り返しながら、張り子の赤べこのように、頭をカクンカクン揺らす。

「話が通じない人と話しても仕方ないわ」

恵美と紗江子の間に小さな体がこじ入れられた。

「焼香は無理のようなので、美羽ちゃんの冥福は遠くから祈ることにしましょう。このたびはご愁傷さまでした。つつしんでお悔やみ申しあげます」

和香菜は恵美に香典袋を押しつけると、母の手を両手で取って引っ張った。紗江子はよたよた立ちあがり、腰を曲げたまま歩き出した。

虚を衝くような行動に、恵美の反応が遅れた。カチンときた時には、間宵親子は手の届かないところを歩いていた。とっさに香典袋を投げつけたが、出来の悪い紙飛行機のようにあさっての方に飛んでいき、すぐに失速して床に落ちた。

「待ちなさい！」

恵美は手を伸ばして紗江子を追った。エントランスの手前で追いつくと、背後から肩を摑んで自分の方を向かせるや、もう一方の手で頰を張った。勢いあまって指先しか当たらなかったが、紗江子は膝に両手を当てて腰を折った。

「幼い子を盾に使うなんて、何て人なの！」

恵美は反対の手を飛ばした。何か言いなさいよ、訴えてやる、憶えておけとわめきながら、もう一発、さらに一発と打擲(ちょうちゃく)した。紗江子は頬を押さえたり頭を抱えたりすることなく、無抵抗で打たれた。それが恵美の正体不明の憎悪に油を注ぐ。異常な行動が人々の耳目を集める。

「ほっといて！」

集まってきた人々に、恵美は両手を縦横に振りたててわめいた。弔問客がさっと二つに割れた。その間に受付が見えた。テーブルの向こう側に従姉妹が不安げに立っている。恵美は競歩のように腕を振って受付に向かった。身を強張らせた従姉妹には何も言わず、芳名帳を押さえていた棒状の文鎮を取りあげ、踵を返した。

紗江子はまだエントランスにいた。片膝を突き、切れた口元をティッシュでぬぐっていた。娘が母の肩に手を置いて寄り添っている。

恵美は紗江子のもとに戻り、正面で足を止めた。

娘が表情を変え、母の肩を強く叩いた。

恵美は文鎮を振りかぶった。

紗江子が顔をあげた。

恵美は文鎮を振りおろした。

赤い飛沫が噴きあがった。

間宵の宿り

冀望の園のクリスマス会でもらったシャープペンシルを、蒼空はベッドにまで持ち込んで、三三七拍子でノックしたり、銀色に輝くペン先に息を吹きかけて磨いたり、パジャマの胸ポケットに挿したまま眠ったりと、家族や友達より大切な存在として愛情を寄せていたのだが、年が明けて新学期がはじまったその日、いきなり別れが待っていた。

体育館での始業式が終わり、教室に戻って冬休みの宿題を提出したところ、名前の書き忘れを指摘されたのでペンケースを開けると、お気に入りの青いやつが見あたらなかった。机の中を覗き、ランドセルを逆さにしても出てこず、放課後一人教室に残ってドアの隙間やヒーターの裏まで捜した結果、冗談で開けてみた黒板消しクリーナーの中で発見した。

ようやく見つかった喜びに頰が緩んだのは一瞬だけだ。チョークの粉まみれになっているだけでも悲しかったのに、それを払ってみると、軸に罅が入っていて、卒倒しそうになった。まさか、そんなと、胸苦しさに耐えながらノックしてみると、この世に神などおらず、何度ノックしても芯が一ミリも出てこなかった。先端のパイプ部分が潰れていたのだ。

こんなことをするのは大友光太郎しかいない。だから蒼空は翌日、光太郎のシャーペンを奪うと、逆手に握りしめ、彼奴の腿に突き刺してやった。

蒼空は職員室に連れていかれた。言い分は一つも聞いてもらえず、人道を無視した言葉で担任になじられ続け、横では光太郎が、ボクは栢原君と仲よくしたいのにと平気で嘘をつき、そんなやつへの謝罪を強要された蒼空がぶちキレて、目を突かれなかっただけありがたいと思えと啖呵を切ったことで、二十五歳の担任（♂）は泣き出し、指導は副校長にゆだねられ、園の先生も呼び出され、思慮の浅い光太郎が腿の傷の写真をSNSにアップしたものだから、学校と教育委員会と園をまたいだ大問題に発展した。

その年のクリスマス会で蒼空は、シャープペンシルのほかに水色のノートももらったのだが、これはプレゼントが入っていた赤と緑の袋に戻し、引き出しの奥に大切にしまっていた。

十二歳の誕生日の夜、蒼空は水色のノートを開き、最初のページに二つの名前を大きく書いた。

〈栢原祐作〉
〈栢原詩穂〉

蒼空の実の父と母である。

　恋しくてその名を記したのではない。

　二ページ目以降には、黒、青、赤、さまざまな色の、サインペン、ラインマーカー、油性ペン、さまざまな種類の筆記具で、父母に対する思いを簡潔に記した。いつも同じ言葉で、そのたった一言を、毎日のように書き殴った。

〈殺す〉

　殺す殺すと罫を埋め、ノートの最終ページまで書ききってしまうと、二ページ目に戻り、殺す殺すの上から、殺す殺すと、紙が破れんばかりの筆圧で書き殴った。今はまだ無理だが、体が大きくなり力がついたあかつきには実行してやると決意し、呪詛（じゅそ）のように吐き出し続けた。

　蒼空は親に捨てられた。

　父親の顔は知らない。両親は彼が一歳半の時に離婚し、父だった男は二度と息子に会いに来なかった。

　母親との思い出は黒く塗り潰したい。金切り声で怒鳴られたり、平手やハンガーで叩かれたり、父親ではない髭面（ひげづら）の男に踏みつけられたり、雪の日にベランダでふるえていたり、空腹に耐えきれず黴（かび）の生えたパンをむさぼり食ったら腹を壊して熱が引かず医者にかかることになり金切り声で怒鳴られ——そんなのばかりだ。

　五歳の時、蒼空は母親と別れ、冀望の園で暮らすことになった。児童養護施設である。

母親の虐待と育児放棄がひどいための措置だった。

道で笑顔の家族とすれ違うたびに、同級生が持っているゲームや恰好いいスニーカーを目にするたびに、どうして自分はみんなと違うのだと、蒼空は嘆き、悲しみ、悔しく恨めしく思い、それは親がいないからだ、親が自分を捨てたからだと考えられるほど成長した時、いつか栢原祐作と詩穂を殺してやると心に決めた。

詩穂は蒼空を施設に預けたあと新しい男と暮らしはじめ、それが蒼空の絶望をいっそう深くさせたのだが、彼女は息子の心中などおかまいなしに、罪悪感からか、母性によるものなのか、ときどき面会にやってきた。

蒼空の顔を見ると詩穂はかならず、会いたかったと笑顔で抱きしめてきたが、一緒に外出しても、頬を寄せてプリクラを撮るくらいで、何かを買ってくれるわけでもおいしいものを食べさせてくれるわけでもなかった。そして時間が経つにつれ、決まって笑顔が消えていき、年端もいかない子に愚痴をこぼし、ひどい時には人前で泣きわめいたり蒼空を叩いたりした。

詩穂の愚痴をつなぎ合わせることで、蒼空は彼女の身の上を知った。彼女も親に捨てられ、過酷な少女期を送っていた。蒼空はそれに驚き、同情はしたが、しかし母として赦（ゆる）す気にはなれなかった。わが身の不幸を言い訳に子供を不幸にしていいのかよ、子供を不幸にするくらいなら最初から子供を作るんじゃねーよ——。

十四歳の時、蒼空は水色のノートの最初のページに三つの名前を追記した。

〈西崎宜史（のりふみ）〉

〈西崎早苗〉

〈間宵夢之丞〉

詩穂の不幸の原因を作った者たちだ。この三人も〈殺す〉と決めた。

母に代わって成敗しようというのではない。母の不幸が子の不幸を作ったと気づいた。詩穂がわが子を捨てるような人間になってしまったのは、温かな愛情を親からもらえなかったからであり、彼女を捨てたその父親、西崎宜史も殺さなければならない。西崎宜史が娘を捨てたのは、妻の裏切りに遭って混乱し、自分をコントロールできなくなってしまったからだ。だから、夫を捨てて若い男と駆け落ちした西崎早苗、その相手である間宵夢之丞にも死んでもらわなければならない。


十五歳の時、蒼空はリストの〈栢原詩穂〉を黒く塗り潰した。ついにその手で母を殺したのではない。彼女が勝手に死んだ。心と体を病み、自殺した。蒼空は泣いた。悲しいのではなく、恨みを晴らすことができず悔しいのだと、その時は思った。

大きな目標を失い、蒼空は自堕落になった。

それまでは、来たるべき日のために一日も早く大人の体になりたいと、冀望の園の食堂で丼飯をおかわりし、口をつけずにさげられた牛乳をちょうだいし、登校前はランニング、下校したら筋トレ、夕食後はシャドーボクシングと、日曜も盆正月も関係なくストイックに体を鍛えていた。目的さえ見なければ健全な少年だった。

それが十七歳になった今では、酒とタバコに侵され、夜な夜な園を抜け出して街に繰り出し、ギャンブルとセックスにも溺れている。いくばくかの小遣いではまったく足りないので、盗みをはたらき、鍛えた体を武器にカツアゲも行なう。

水色のノートはまだ引き出しの奥にある。〈栢原詩穂〉は消えたが、〈栢原祐作〉以下四人の名前は残っている。だが、最後に〈殺す〉と書いたのはいつだっただろうか。

蒼空は一度、詩穂の遺品の中に見つけたメモを頼りに、祐作の住まいを訪ねたことがある。その姿をじかに目にすれば、消えかけた復讐心がふたたび燃えあがるかもしれないと思った。

しかしその住所に祐作はもう住んでいなかった。やはり遺品の中で見つけた携帯番号にかけたところ、別人が出た。居所がわからなければ復讐のしようがない。このとき彼の心は完全にくじけた。

残りの三人の消息は、あたる気にもならなかった。キングとクイーンへの復讐がかなわないのなら、雑魚にかまっても仕方ない。

それより、もうじき十八になる。施設を出される歳だ。どうやって自活する？　就職の斡旋はあるが、機械でもできそうな単純労働ばかりで、長続きしないことは目に見えている。やめたあとは？　泥棒？　恐喝？　それを六十、七十まで続けるのか？　続けられるのか？

蒼空の心はすっかり復讐から離れ、人並みの悩みに心を砕く毎日が続いていた。

そこに突如として、栢原祐作が現われたのである。

冀望の園を脱走し、無断外泊を続けていた時のことだった。蒼空は隣町のファミレスにいた。休日の昼時で、店は非常に混雑していた。席が空くのを待っている客が何組もいたが、ここを出たところで行くあてもないので、食事が終わっても、皿が片づけられても、蒼空は居坐っていた。

幾度となく繰り返していたドリンクバーの往復の途中、〈栢原祐作〉が目に飛び込んできた。あるテーブルの、空いた席に大きな事務用封筒が置いてあり、宛名が〈栢原祐作〉となっていたのだ。

蒼空はジュースのグラスを取り落としそうになった。通路に立ちっぱなしだと不審に思われるので、とりあえず自分の席に戻り、問題のテーブルを遠目に観察した。

家族連れが坐っていた。中年の男女と、中学生くらいの女の子、小学校低学年の男の子、の四人である。

中年の男は、髪は七三、髭はきれいに剃っており、黒縁眼鏡をかけ、紺のブレザーにベージュのチノパンと、ごく普通の会社員の休日の姿に見えた。

これが、あの栢原祐作？

錯覚かもしれない。仇敵としてずっと心に刻んでいた名前なので、似た字面を思い込みで〈栢原祐作〉と読んでしまった？

蒼空は席を立ち、ドリンクバーに向かった。問題の家族の横を、ゆっくりゆっくり通り過ぎた。男が坐る横の、一人分空いたスペースに大型の封筒が置いてある。

ドリンクバーまで行き、コーラとアップルジュースのカクテルを作って自分の席に戻った。封筒の表書きは、往復とも〈栢原祐作〉と読めた。

同姓同名の別人である可能性がどれほどあるだろうか。祐作という名前は一般的だとしても、栢原姓は、自分と両親の三人以外に知らない。柏原なら「かしわばら」という読みもあわせてそこそこ見かけるが。

それに、この男の顔、見れば見るほど、自分にそっくりだった。狭い額、眉と目の近さ、薄い唇、尖った顎——。今の自分を少々太らせ、脂気を抜き、皺を加え、髪型を変え、眼鏡をかけたら、この男ではないか。二十年、三十年後の自分を見るようだった。

体の芯が熱くなっているのを蒼空は感じた。水色のノートに〈殺す〉と誓っていた時に感じていた、あの懐かしいうずきだ。

やがて〈栢原祐作〉のテーブルの動きがあわただしくなった。帽子をかぶったり、バッグから財布を出したりしている。

蒼空は伝票を持って席を立ち、会計をして店の外に出た。ドアから少し離れたところでしゃがみ、靴紐を結び直す。何度も結び直しながら入口を窺う。

四人が出てきた。父親と二人の子供が駐車場を横切り、黒いＳＵＶに乗り込んだ。会計をしていたのだろう、遅れて母親が姿を現わし、小走りにＳＵＶに向かった。彼女を助手席に乗せると、車はゆっくり発進し、通りに出ていった。

蒼空に車はない。バイクや自転車でも来ていない。タクシーを使うには懐具合が心もとない。だが、全力疾走で追いかけようとするほど周りが見えなくなってはいなかった。ファミレスの店内で封筒の名前を確認した際、併記された住所も目に入った。往路で町名を脳に焼きつけ、復路で番地を語呂合わせで憶えた。

当該住所には歩いて四十分で着いた。判で捺したような造りをした小さな一戸建てが軒を接して並んでいる区画で、その一軒に〈栢原〉と表札が出ていることを確認すると、蒼空はいったんその場を離れ、日が暮れてからもう一度訪ねた。〈栢原〉の玄関先のわずかなスペースに、先ほどはなかった車が駐められていた。黒いＳＵＶで、ナンバーはファミレスの駐車場で見たものと完全に一致していた。

その晩遅く、蒼空はこっそり冀望の園に戻った。明かりを消した自分の部屋で膝を抱え、かたわらに置いた水色のノートの、闇に浮かぶ無数の〈殺す〉の裏に透けた感情と対峙した。

〈長い間お世話になりました〉

一行きりのメモを残し、夜が明けきらぬうちに蒼空は冀望の園を去った。事後は、逃亡生活に入るか、警察に捕まるか、いずれにしても園に戻ることはない。

ホームセンターに寄って必要な道具を万引きし、栢原の家には午前のうちに着いた。

玄関先に車はなかった。

インターホンを鳴らすと、夫人らしき声が応じた。蒼空は宅配便業者を装った。疑われることなく玄関ドアが開けられた。

蒼空はドアの隙間に全身を滑り込ませ、左手でドアを閉めながら、右手で夫人の口を塞いだ。掌には、あらかじめマスクほどの大きさに成形しておいたダクトテープが仕込んであった。捕まる覚悟はできているが、それは事を成し終えてからだ。今はまだ準備段階であり、人を呼ばれてはならない。

不意打ちを食い、夫人は上がり口に尻餅をついた。目は怯えていたが、抵抗の意志もあり、手を口に持っていってテープを剝がそうとした。蒼空はその手首をむんずと摑んで手元に引き寄せると、五本の指をまとめてダクトテープで巻いた。テープはあらかじめ三十センチほどに切って、端をズボンのベルトに貼りつけ垂らしておいた。夫人のもう一方の手の指もテープで使えなくし、そのうえで両手首を結束した。両足首も二重三重に巻いて自由を奪った。

「あんたには恨みはない。質問に答えたら自由にしてやる」

蒼空は夫人の顎を持ちあげ、正面を向かせた。彼女は苦しげに眉を寄せ、テープの下でうめく。

「簡単な質問だから、首を振って答えられる。あんたの旦那の名前は祐作だな？　栢原祐作」

夫人は首を縦に振る。

「旦那は再婚」

首が縦に振られる。

「前妻の名前は詩穂」

縦。

「前妻との間に子供がいる」

縦。

「子供の名前は――、いや、それはいい」

蒼空は自分で自分の質問をさえぎった。人違いであることをどこか祈っていたが、疑う余地はもうなかった。

「約束どおり自由にしてやる。洗面所は？　こっちか？」

蒼空が右手のドアを指さすと、夫人は首を縦に振った。蒼空は土足であがり、洗面所の棚からバスタオルを一枚取って玄関に戻った。

夫人は上がり口で足を投げ出して坐っている。蒼空は四つに畳んだバスタオルを彼女の顔に押しつけ、そのまま上半身を押し倒し、縦四方固めの要領でのしかかった。

「この世のしがらみから解き放ってやる。これが真の自由ってもんよ」

強い抵抗は十秒ほどだった。弱々しい身悶えも三十秒ほどで消えたが、蒼空は念を入れて、たっぷり十五分は押さえ込みを続けた。遺体は引きずって浴室に入れた。

栢原祐作は暗くなってから帰宅した。妻の名前を呼びながらリビングルームに入ってきて、明かりをつけたところで、うわっとひしゃげた声をあげた。

「待ちくたびれて眠っちまった。徹夜だったし」

蒼空はソファーで横になっていた体を起こした。

「誰だ?」

祐作は壁のスイッチに手を当てたままの姿勢でいる。

「悪いな。ゆうべから何も食ってなかったから、我慢できなかった」

蒼空は立ちあがり、大きなあくびをしながら伸びあがる。足下には、ハムやチーズのパッケージ、空になった牛乳の紙パックなどが散乱している。冷蔵庫から勝手にちょうだいした。

「もっと食べるか?」

賊を刺戟しないよう配慮しているのか、祐作はそんなことを言う。

「いや、もういい。それより最初の質問に答えよう。蒼空」

「は?」

「おいおい、誰だと問われたから名乗ったんだぞ。しかも、わが子の名前に心あたりがないって、ひでーな」

「え?」

「しかもしかも、蒼空と名づけたのはあんたなんだろ? 詩穂からそう聞かされているが」

蒼空は薄く笑ってみせた。祐作は表情筋がなくなったような顔をして立ちつくしている。

「おとーちゃーん」

蒼空がからかうように声をかけると、

「蒼空……、なのか？」

祐作はぼんやりと応じた。

「そうだよ。おまえが詩穂という女に産ませたガキ。でかくなっただろ？」

「本当に蒼空なのか？」

「しつけーな。見てわからないのか？　ま、わからないか。十六年間放置だもんな」

蒼空はデイパックから小さなリングノートを取り出し、祐作に放った。

「どうよ？　思い出した？」

祐作は放心した表情でノートに見入っている。

ノートの各ページにはプリクラの写真がぎっしり貼られている。ダブルピースしていたり、ハートや文字でデコレートしていたり、目が異様に大きくデフォルメされていたりと、構図はさまざまだが、どの写真にも同じ二人が写っている。詩穂と蒼空だ。

このプリクラ帳を遺品として受け取った蒼空は、苦々しく思い、すぐに焼き捨てようとしたのだが、写真には自分が写っているわけで、自分を焼き殺すようでためらわれ、結局今でも所有していた。

「今まさに罪悪感を感じてるポーズってか？」

蒼空は挑発する。祐作は何も言わない。

「それとも、まだ疑ってる？　別れた息子を装った詐欺じゃないかと。ま、そういう猜疑心を持つのはいいことだがな。ときどきバイトで掛け子をやってるけど、引っかかるやつの多いこと多いこと。おい、何か言ってくれよ。気まずいだろ」

祐作は黙ってプリクラ帳をめくる。蒼空も口を閉ざし、無言で圧力をかける方向に転換した。

ずいぶんしてから、祐作がプリクラ帳を閉じてつぶやいた。

「それで、何の用だ？」

「うわっ、そんなこと言う。泣いちゃうかも」

蒼空は目頭に手を当てる。

「何しに来た？」

「あんたが全然会いに来ないから、こっちから来てやった」

「それだけ？」

「それだけじゃだめなのかよ。じゃあ、ついでに、一つお知らせ。詩穂、死んだぞ」

祐作がハッと顔をあげた。

「やっぱり知らなかったか。もうじき丸二年。三回忌？」

「どこが悪かったんだ？」

「自殺」

「えっ？」

「あんたに捨てられ、将来を悲観して」

蒼空は一歩踏み出す。祐作は目を伏せた。

「何か言えよ」

蒼空は祐作からプリクラ帳を引ったくった。

「金か」

「は？」

「母親が死んで生活に困ってるんだな。それで無心に来た」

祐作はスーツの内ポケットから財布を取り出した。

「アキレス腱が切れる時、本人にはブチッという音が聞こえるらしいが、今、この奥の方でブチッと音がしたぞ。何が切れたんだ？」

蒼空は自分のこめかみをつつく。

「そういう性根だから、妻子を切り捨て、別の女に乗り換えられたんだな。よくわかった。人として終わってるよ、あんた」

差し出された数枚の紙幣を蒼空はむしり取り、握り潰して足下に叩きつけた。祐作の頬が痙攣するようにふるえ、小さく口を開いた。しかしすぐに唇を引き結んだ。

「図星で反論できないのか」

躱（かわ）してやりすごそうというような態度が、蒼空には我慢ならなかった。

祐作は腰を折り、くしゃくしゃの一万円札に手を伸ばす。蒼空は脚を伸ばして一万円札をあさってのほうに蹴飛ばす。祐作は溜め息をつき、そしてつぶやいた。

「世の中には、知らないほうがいいこともある」

「はあ？」

「それでも知りたいと言うのか？」

「はっきり言えよ」

蒼空は威嚇するように、ひとつ足を踏み鳴らした。祐作はまた溜め息をついて、

「あの結婚は、すべてが虚偽の上に成り立っていた。そもそも彼女との間には、恋とか愛とかいうものは存在していなかった」

「おい」

「彼女にしても、私を客としてしか見ていなかった。なのに妊娠を盾に結婚を迫ってきた。その時期関係を持った男たちの中から、収入や人柄を勘案して、栢原祐作を選んだ。人柄とは、言い換えれば、騙されやすそうなやつということだ。見立てどおり、私は彼女の言葉を真に受け、責任を取ることにした。ところが結婚後、ひょんなことから、子供に私の血が入っていないとわかった」

「おい！」

「偽りの結婚に偽りの家族——傷ついたのは私のほうだ。それでも家族ごっこを続けろ

と?」

「ざけんな！　鏡を見てみろ。血がつながってないわけないだろ」

「親子鑑定の結果のコピーは詩穂にも渡したが。遺品の中になかったか？」

「黙れ黙れ黙れ！」

飛びかかって押し倒し、拳が砕けるまで殴り続けそうになったのを、蒼空は唇を嚙んで耐えた。

「偽りの家族から本物の家族に乗り換えた今は、しあわせなんだな？」

蒼空は圧し殺した声で問いかける。口の中に血の味が広がる。

「自分の意志によるものだからな」

祐作は立ちあがり、掌の汚れをはたく。

「で、その、しあわせの源は、今日は？」

「は？」

「一家の大黒柱を置いてきぼりに、母子三人でディナーにでも行ってるのか？」

壁の掛け時計は七時半を指している。

「家内は？　来た時、いなかったのか？　じゃあおまえはどうやって入った？　子供たちは？」

祐作の顔色が変わった。

「さっきのあんたの言葉を、そっくりそのまま返してやる」

「何のことだ」

「世の中には、知らないほうがいいこともある」

「どういうことだ?」

祐作は、一歩、蒼空に詰め寄る。

「世の中には、知らないほうがいいこともある。大切なことなので二度言いました」

蒼空は頭の後ろで手を組んで笑う。

祐作は振り返り、大声で妻を呼んだ。天井を見あげ、娘と息子の名前を交互に叫んだ。

「家内と子供に何をした?」

祐作が蒼空の両肩を摑む。蒼空はへらへら笑いながら、揺さぶられるにまかせる。

「何かあったら、ただじゃすまんぞ」

祐作は蒼空の胸を突くと、くるりと背を向けてキッチンに飛び込んだ。そこに誰もいないとわかると、ドアに体当たりしてリビングを出ていった。

妻子の名前を繰り返す声が、むなしく響く。

蒼空はゆっくりとした足取りで彼を追った。

咆哮にも似た声が轟いた。

祐作は脱衣場に両膝をつき、上半身を浴室に入れ、妻子の名前を連呼している。しかしどれだけ声を嗄らしても、浴室に横たわる三人の耳に届くことはなかった。

「家族を喪うとは、そういうことだ。思い知ったか」

目の前の現実を受け容れられず、骸を揺さぶり続けている背中に、蒼空は冷ややかに浴びせかけた。

祐作は言葉にならぬ声をほとばしらせて立ちあがった。振り返り、両手を上段に、蒼空に摑みかかってくる。

蒼空は足を踏ん張り、後ろ手に隠していた牛刀を腰の脇で構えた。

見事なカウンターだった。ほとんど手応えなく、二十センチの刃金が祐作の腹部に根本まで吸い込まれた。

それでも祐作は蒼空の首を絞めてきた。興奮状態で痛みを感じなかったのだろう。しかしその手は容易に振り払うことができ、蒼空が体をひねっていなすと、マタドールに仕留められた牛のように、どうと前のめりに倒れた。

蒼空は祐作の臀部に馬乗りになった。先ほどのカウンターは動きを止めるための一撃にすぎない。恨みを晴らすのはこれからだ。

この家のキッチンから持ち出したもう一本の庖丁を両手で握り、蒼空は魂を込めて祐作の腰に突き刺した。脇腹、背中、首筋と、魂を込めて、仇敵の全身をメッタ刺しにした。

絶命は確認するまでもなかった。

蒼空は祐作に重なって倒れ、むせかえる臭いと生温かな感触に、復讐が成就したことを実感した。

「やった……。思い知ったか……。ざまー……。殺してやった……」

荒い呼吸の合間合間に蒼空はつぶやくのだった。

すると、それに呼応する声があった。

「蒼空君」

「かあさん、俺、とうとうやったよ」

蒼空は反射的に応じた。

「蒼空君」

「かあさん？」

女の声だ。よく知っている声だ。

「蒼空君、しっかりして」

いや、だが、詩穂の声とはどこか違う。

「蒼空君！　蒼空君！」

蒼空は体を揺すられているような気がした。

「蒼空！　蒼空！」

別の声がした。男の声だ。祐作？

蒼空はぼんやりと顔をあげた。自分の下敷きになっていたはずの栢原祐作の体がなかった。左右を見ても、彼の姿はなかった。あの傷、あの出血で、自力で動けるとはとうてい思えない。

「蒼空、立てるか？　だめだな、腰が抜けてる。白川（しらかわ）先生、手を貸してください」

白川？　蒼空の記憶に訴えかけてくる名前だった。

「救急車を呼びますか？」

「その前に、左を下に寝かせましょう。このままだと、吐いて詰まってしまうかもしれない。引きずり出すので、先生はドアが閉じないように押さえていてください」

「蒼空君、どれだけ飲んだの？」

「酒じゃないですね。臭いがしない。蒼空、聞こえるか？」

すぐそこにぼんやりと顔があるのを蒼空は感じた。目をぎゅっとつぶり、開き、また瞼を強く閉じと繰り返していると、少しずつピントが合ってきた。栢原祐作ではなかった。坊主頭で、鼻の下に髭（ひげ）をたくわえている。

「にゃか、なか、中岡（なかおか）、しぇ、先生？」

蒼空は呂律（ろれつ）が回らなかった。

「やっぱりクスリか。何をやった？」

「先生が、何で、こいつの、家に、いるの？　俺のこと、つけてた？」

「何言ってるんだ。おまえ、相当キメたんだな。白川先生、救急車を」

病院のベッドの上で、蒼空は徐々に状況が呑み込めてきた。

蒼空は、冀望の園のトイレで倒れているところを、巡回中の職員に発見された。個室で便器を抱え込み、便座に頬をつけ、口の周りを涎で汚していた。呼びかけに反応はあったが、目の焦点が定まっていなかった。

蒼空は園の自室で薬物を摂取していた。過日園を脱走した際、夜の街で手に入れた「いま一番ホットで一番ぶっ飛ぶ」というふれこみの脱法ドラッグだ。その過剰摂取で気分が悪くなり、どうにかトイレまで行ったものの、動けなくなったらしい。

ドラッグは蒼空の願望を叶えてくれた。自分を捨てた父親を見つけ、ついに復讐をはたしたのだ。

夢だ。あれはドラッグによる幻影でしかなかった。現実には栢原祐作を殺せていない。ファミレスでの偶然の出会いも発生していない。

蒼空は大いに落胆した。掌には庖丁が肉に食い込んだ時の感触がある。鼻腔には濃厚な血の臭いが残っている。これもすべて幻だというのか。

しかし蒼空が嘆いていたのはほんの半日だった。幻に翻弄されたことはまったく無駄ではなかった。幻の裏側に真実が横たわっていることに気づいたのだ。

「無断外泊や、酒、タバコは、大目に見てやったが、今回はそうはいかないからな。それがおまえのためだ」

まだ点滴の針を刺している蒼空に、中岡は容赦なく宣告した。内々で処理せず、体調の回復を待って警察に届けるという。

初犯なので、少年院には送られず、保護観察処分ですむだろう。事実上自由の身だ。

しかし処分が決定するまでは身柄を確保される。少年鑑別所にも入れられる。その期間は一日二日ではすまない。ひと月は自由を奪われる。そんなに待っていたら、復讐の炎が消えてしまう。

退院したその晩、蒼空は冀望の園を脱走した。今度の書き置きは夢の出来事ではなかった。

〈長い間お世話になりました〉

長郷にはその日のうちに着いた。蒼空は地図アプリを頼りにちらしの住所を目指した。

ちらしは詩穂の遺品の中にあったものだ。中年の女性のバストアップの写真が中央に配置され、それにかかるように、上部に〈WANTED!〉と大きくあり、下部には小さく、情報提供を求むと連絡先が記されていて、蒼空はその住所を目指していた。

写真の女性は西崎早苗といい、栢原詩穂の母、すなわち蒼空の祖母にあたる人である。早苗は詩穂が小学生の時に行方知れずとなり、このちらしはそのとき作られ、長郷市内一円にポスティングされたり駅頭で配布されたりしたのだと、蒼空は詩穂から聞かされていた。

ちらしを作ったのは早苗の家族ではなく、彼女と一緒に駆け落ちした男の配偶者である。そちらの言い分では、関係を迫ったのも駆け落ちに導いたのも早苗のほうであり、夫はある意味被害者ということだった。尋ね人のちらしにしては、どこか険のある作りになっているのは、そういう感情が入っているからだろう。詩穂にとってはこころよいものではない。それを大切に取っていたのは、母親との再会をあきらめていなかったからなのだろう、と蒼空は想像していた。

地図アプリのナビゲーションは優秀で、長郷は蒼空にとってははじめての土地だったが、当該住所に迷わず着くことができた。

廃墟かと、蒼空は最初思った。門柱には表札が出ていたが、白茶色の石塀はあちこちが風化したように崩れ、前庭は草ぼうぼう、その奥にある家屋も相当古く、雨樋が割れたり玄関ドアがささくれたりしていた。

蒼空は錆の浮いた門扉を開け、藪漕ぎのようにして玄関に達した。チャイムのボタンを押すが、中で鳴っているようではない。「お荷物が届いています」とドアを叩いても応答はない。こころみにノブを回してみたところ、鍵がかかっていた。玄関の横の窓にはシャッター式の雨戸が鎧のようにおりていた。

建物の横手に回ってみると、テラスの物干し竿にタオルを吊るしたピンチハンガーがかかっており、人が住んでいることを物語っていた。しかし昼日中だというのに窓の半分には雨戸がたてられており、残り半分の窓にも厚手のカーテンが引かれていて、生気というものがまったく感じられない家だった。ごめんくださいと案内を請うふりをして雨戸や窓に手をかけてみたが、いずれも鍵がかかっていた。

裏手の窓も雨戸やカーテンで閉ざされ、台所や浴室と思しき窓には格子がはまり、勝手口のドアも開かなかった。

一周したのち、蒼空はテラスにあがり、雨戸がたてられていない窓の一つを破った。ライターでガラスをあぶってすぐ冷却スプレーをかけると、急激な温度変化によりガラスがもろくなり、容易に割ることができる。焼き破りと呼ばれる空き巣狙いがよく使う手で、冀望の園を脱走して悪い連中とつるんでいるうちに蒼空はおぼえた。

作業を見られる心配はなかった。隣家との間の塀が異常に高かったからだ。蒼空は、窓ガラスのあぶって冷やした部分をライターの尻で叩き割ると、破れ目に手を突っ込み、クレセント錠を開け、いちおう靴を脱いで室内にあがった。

ソファーがあり、ローテーブルがあり、サイドボード、観葉植物の鉢、赤いＬＥＤが灯ったテレビ、開いたまま伏せてある雑誌、今日の日付が入った朝刊——そこはリビングルームのようだった。外からこの家を見た時とは違い、普通に生活感があった。

ドアを開けて隣の部屋に移ると、こちらはダイニングルームだった。テーブルの中央にはリンゴやバナナを盛った籐(とう)の籠(かご)があり、ワゴンの上の湯呑みには四分の一ほど日本茶が残っていた。

ダイニングと続いたキッチンの冷蔵庫には、冷蔵室にも冷凍室にも食品がぎっしり詰まっていた。蒼空はヨーグルトとシュークリームを取り出し、ダイニングテーブルのバナナも一本ちょうだいした。腹ごしらえし、くつろぎながら、家人が帰ってくるのを待とうと考えたのだ。栢原祐作を殺した時のように。

そして部屋を移動しようとしたところ、不意にダイニングルームのもう一つのドアが開いたのである。

現われたのは幽霊だった。叢のような髪、前髪が目を半分隠し、後ろは背中まで伸ばし、しかも真っ白、半分見えている目は落ち窪み、肌は土気色、痩せた体を白装束に包み、ふわふわと部屋に入ってきた。よく見ると脚が二本生えており、白装束ではなくガウンだったのだが、生者だとしたら、なおのこと気味の悪い姿だった。

「脅かすなよ！」

己が侵入者であることを忘れ、蒼空は怒鳴りつけた。

「すみません」

女も面食らったのか、妙ちきりんな受け答えをした。

「何度もノックしたんだぞ。いるなら出てこいよ」

「すみません。下にいたので、聞こえなくて」

「チャイム、鳴ってないだろ？　直せよ」

「すみません」

「窓、開いてたぞ。不用心じゃねえか。泥棒が入ってるかもと、気になって調べてたんだよ」

両手に冷蔵庫由来の食品を持っているのに、蒼空は強弁する。

「あのう、どちらさまでしょうか？」

女はしごくまっとうな質問をした。

「間宵己代子だな？」

蒼空は質問を無視して尋ねた。

「え？」

「おまえは間宵己代子なんだなって訊いてるんだよ」

女は無言で首を横にぶるぶる振った。

「違うのか？」

女はうなずく。間宵己代子だと確信していたため、蒼空は少々混乱した。

「じゃあおまえは誰なんだよ」

「娘です」

「は？」

「己代子の娘です」

「紗江子？」

「はい」

「こいつは驚いた」

間宵己代子の娘は蒼空の母と同級生だから、現在三十六歳ということになる。しかし目の前にいる女は、その倍は人生を重ねているような容貌をしていた。

「あのう、母に何か？」

真っ白な髪の女が不安そうに尋ねてくる。蒼空は直接答えず、一つの名前を口にした。

「西崎詩穂」

紗江子は怪訝そうに眉をひそめ、そのあとハッと小さな目を開いた。

「西崎詩穂には子供が一人いた」

蒼空はそれだけ言って口を閉ざした。

紗江子は視界が晴れるよう前髪を掻きあげ、首を突き出した。蒼空はギョッとした。彼女の左のこめかみの皮膚が縦に長く引き攣れていたのだ。この傷を隠すために前髪を垂らしているのか。

「詩穂ちゃんの？」

紗江子はつぶやくように言って蒼空のことを指さした。蒼空は顔を斜めにしてうなずいた。傷に驚いて顔色を変えてしまったことをごまかしたいという気持ちが働いた。

「そうなの。そうなんだ。詩穂ちゃん、元気にしてる？」

紗江子の声が華やいだ。蒼空はカチンときた。

「元気なわけない」

「えっ？」

「死んだ」

紗江子は笑みを引っこめた。それから通り一遍の悔やみを述べたのち、

「いつ亡くなったの？　何か病気？　事故？　どこに住んでいたの？」

と矢継ぎ早に尋ねてきたが、蒼空はすべて無視して、

「己代子は？　留守なのか？　いつ帰ってくる？」

と、自分も質問を重ねた。

「母は……」

紗江子の目が泳いだ。

「温泉旅行？　じゃなかったら、メシまでには帰ってくんだろ？　出直すのもめんどうだから、待たせてもらうぞ」

蒼空はダイニングチェアに坐り、バナナにかじりついた。

「母に何のご用なのかしら」

紗江子は警戒するように問う。

「スプーン」

蒼空はヨーグルトのパッケージを叩いて催促した。紗江子は食器棚からティースプーンを出して蒼空に渡すと、繰り返し尋ねた。

「母にどういったご用？」

「当たりの入っていない籤を引かされているような感覚だったんじゃないかな、西崎詩穂は」

蒼空は質問を無視して唐突に語りはじめた。

「家族、友達、学校、男、仕事、金——何一ついいことがなかった。彼女自身の心と体

も、若いころから痛みにまみれていた。一人息子もできそこないだし。罰ゲームのような人生だ。そして不幸なまま、人の半分も生きずに死んでいった。

底辺から抜け出せなかったのは、本人に一番の問題があるよ。能力がなく、人をたらし込むだけの魅力にもとぼしかった。己の境遇を嘆いたり呪ったりふてくされたりめそめそしたりするだけで、いったいどれほど努力したのかよ。けど、ちょっとは同情の余地はある。

幼い時分に母親を失わなかったら、父親に捨てられなかったら、友達が離れていかなかったら、彼女はあそこまでみじめにはならなかっただろう。両親に愛情豊かに育てられ、多くの友達に囲まれて成長すれば、人を見る目も養われただろう。そしたら悪い男に引っかかることもなかったんじゃないの？　そしたら心も体も病むことなく、あたたかな家庭でしあわせな時間を過ごしているんじゃないの？

ま、そしたら、栢原祐作とは違う、まともな男と一緒になったはずだから、俺という人間は生まれてないわけなんだがな。ということは、俺という人間がこの世に存在し、今こうしてあんたと話しているのは、不幸が生み出した奇蹟みたいなもんか？　おい、ここ、笑いどころだぞ」

間宵紗江子はくすりともしない。蒼空は大げさに舌打ちをくれて、続けた。

「知ってるか？　不幸というものは再生産されるんだぜ。両親に捨てられるという不幸に見舞われた詩穂は、わが子を捨てるという不幸を作り出した。

俺は詩穂を憎んだ。詩穂と俺を捨てた男のことも恨んだ。二人ともいつかぶっ殺してやると、その日のために心と体を研ぎ澄まし、それを生きる糧にした。

恨んだのはほかにもいる。詩穂を捨てた彼女の父親、家庭を捨てて逃避行した詩穂の母親、その相手である若い男。要するに、詩穂を不幸に陥れたやつらだ。こいつら全員殺してやろうと思った。

おっと、勘違いするなよ、詩穂の敵を取ってやろうとしたんじゃないぞ。俺とは直接かかわりはないけど、そいつらが詩穂にもたらしたことが、連鎖して俺にまでおよんでるんだよ。俺の不幸はこいつらのせいってこと。ふざけんなっつーの。

けど、いま挙げた誰も、まだ殺していない。詩穂は死んだ。けど、俺が殺したんじゃない。勝手に死んじまった。ほかのやつらは、どこにいるのかわからず、捜す手段もなく、時間だけが過ぎてしまった。恨んでるとか憎んでるとかぶっ殺すとか、口ばっかりで、実行力ゼロ。内心、ビビってたのかもな。ガキの遠吠えってやつ？

ところが、結果的には、優柔不断で正解だったんだな。つい最近、神の声を聞いた。

『雑魚キャラを何千何万と倒したところでエンディングは訪れない』

ボスキャラを倒さないとゲームはクリアできないということだ。もう少し嚙み砕いて言えば、さっき挙げた、俺が恨んでいるやつらは雑魚にすぎなかった。詩穂ですら。雑魚にかかわるのは時間の無駄、一気にボスをやっつけろ、そうすることで真に復讐が達成されると、神様はそうおっしゃったわけだ。じゃあ、そのボスとやらは、どこのダンジョンに隠れているのかと。

おい、坐れよ。まだ第一章が終わったところだぞ」

紗江子は食器棚を背に立ったまま動こうとしない。

「ご自由に。じゃ、第二章な。時間はずっと遡る。

詩穂はわが子を育てることを放棄したくせに、ときどき施設にやってきた。会って最初のうちは、ちゃんと勉強をしているかとか、学校や施設でみんなと仲よくしているかとか、息子の心配をするんだが、フードコートや公園でビールを飲んじゃうと、世間がいかに冷たいか、自分がいかに不幸な境遇にあるか、ぐじぐじ語り出す。こっちは小学生だぞ、そんな愚痴を聞かされても、慰めたりアドバイスを与えたりできねえっつーの。最後はぽろぽろ涙をこぼすというのが毎度のパターンで、ホントうんざりだった。昔話も勘弁してほしかった。母親が駆け落ちしてからの地獄の日々なんて、誰が聞いても胸糞悪い話を、どうしてわが子に聞かせるかね。それって虐待だろ。それ以前の平穏な時代の話にもムカついた。あいつには短いながらも家族とのしあわせな時間があったわけだ。俺には生まれてから一度もなかったがな。

うぜーから聞きたくないんだけど、繰り返し聞かされりゃ、嫌でも記憶に残ってしまう。昔話の一つにこういうのがあった。詩穂が小学生の時の話だ。

ゲームの相手をしてくれたり手作りのスイーツをふるまってくれたりで、子供たちにとても人気のある、友達のおとうさんがいた。たしか間宵夢之丞とか言ったかな。ん？

どっかで聞いた名字だな」

蒼空は挑発的に笑いかけるが、紗江子は無反応である。

「夢之丞さんはお話も上手で、彼が童話やアニメのストーリーを口にすると、キャラクターたちが生き生きと飛び跳ねるのが見えると評判だった。詩穂も一度、夢之丞さんにストーリーテリングしてもらった。映画の中に自分が入り込んでしまったようで、そのファンタジックなリアルさに、最初は驚いたり興奮したりしていたのだが、そのうち、愛らしかったキャラクターたちが豹変、ハロウィンの町で暴虐のかぎりをつくすわ、詩穂の母を殺して人肉料理にしちゃうわという、ホラーでスプラッターな世界に転換し、詩穂もクリーチャーどもに包囲され、ああ自分も食い殺されてしまうんだと意識が遠のきかけたところ、突然目の前に母親が元気な姿で現われ、クリーチャーも残らず消えていて、なーんだ夢を見ていたのかとホッとする一方で、いったいいつから夢を見ていたのだろうと、狐につままれたようだったという。

アニメやゲームに入れ込みすぎ、そっちの世界と現実がごっちゃになってしまうことがあるが、それと似たようなものか。友達のおとうさんに愉快な話を聞かせてもらったあと、家に帰ってから話を思い出しているうちに、続きを自分で想像し、それが怖い方向に転がってしまった。過去に読んだり見たりしたホラー作品とミックスしてしまったんだろう。

詩穂はしきりに不思議がっていたが、俺は、想像力豊かな子供にはありがちなことじゃないかと、全然不思議に思わなかった。

ところが数日前のことだ。詩穂と同じようなことが俺の身にも起きたから驚きだ。現実が幻想を呑み込んでしまった、いや、逆に、幻想が現実を丸呑みしてしまったと言うべきか。目の前で起きていると信じて疑わなかった出来事が、実は、俺だけが見ていた、俺の脳が作り出したイメージでしかなかった。

それって、夢じゃね？　いいや、いわゆる夢は、モノクロだったり、色がついていてもコントラストが弱かったり、立体感が乏しかったりする。けど、そのとき俺が見たものは、くっきりはっきりで、臭いや手ざわりも感じられた。じゃあどうしてそんな体験をしたのかというと、アニメやゲームに溺れていたからじゃないぞ。

俺はドラッグをやって幻覚に襲われたんだ。つーことは、詩穂も？　彼女もドラッグで幻を見た」

蒼空は試すように言葉を切った。紗江子の表情は変わらない。

「いやいや、不良少年はともかく、小学生がドラッグをやるか？　そこなんだよ。だからこの件は闇が深い。

俺は自分の意志でドラッグをやった。しかし詩穂の場合は違う。自分の意志でやれる年齢ではない。とすると、自分が知らない間にドラッグを与えられていたと解釈するしかない。はあ？　誰だよ、小学生に悪いクスリを与えた不届き者は。

間宵夢之丞のストーリーテリングを聞いた女の子がみな、それまでにない劇的な体験をしていることから、彼女らにもドラッグが作用していたと考えられる。友達の家では手作りのスイーツやジュースがふるまわれている。その中に盛られていたのではないか。ドラッグに対する反応は個人によって差がある。詩穂は過剰に反応し、ファンタジーの世界だけでなく、悪夢も見てしまった。

飲食物に入っていたのなら、夢之丞が仕込んだことになる。なぜ？　子供たちに鮮烈な体験をさせてやろうと、サービス精神でドラッグを与えたのか？　それとも、お話が神がかってうまいおじさんと賞賛されたいがため？

そうだとしても赦される行為ではないが、真相はもっとヤバい。薬物で正体を失わせ、その間に性的ないたずらを行なっていた。間宵夢之丞は小児性愛者だったのだ」

蒼空は、相変わらず立ったままの紗江子の顔を、下からぐっと見あげた。表情の変化はなかった。

「夢之丞のずるがしこいところは、九十九パーセントはいいおじさんとしてふるまっていたこと。特定の子だけに近づくようなことはせず、男女の分け隔てなく相手にし、子供たちからせがまれればゲームでもままごとでもしてやるが、自分のほうから子供を誘うことは決してなかった。身なりを整え、学校や地域の行事に積極的に参加し、愛嬌を振りまいていたのは、ママたちのアイドルになりたかったからではなく、そういう人物に見えないための演技だったのだ。そして仮面の下から獲物を探し求めていた。

おい、あんた、間宵紗江子、ずいぶんしおらしいな。自分の父親のことを性犯罪者だと糾弾されたら、血相を変えて否定するのが普通なんじゃないの？　驚きで声が出ないって？　じゃなくって、図星で反論できないんだろ？　父親の正体を知っていた。友達がいたずらされるところを見ていた。なのに黙っていたのなら、共犯も同然だぞ」

蒼空はけしかけたが、紗江子は口を開かなかった。表情も変えない。

「まあいいさ。さて、詩穂だ。娘の様子がおかしいことに気づいた母早苗は、直前に遊びにいっていた間宵紗江子の家を訪ねた。言動のおかしさだけでなく、着衣や体に異状を感じたのかもしれない。

早苗の独断での行動だ。夫宜史についてきてもらわなかっただけでなく、事前に彼に相談することもなかった。女の子の性的なことなので、話すのをためらったのだろう。

残念だが、結果的にこの配慮が災いした。

応対したのは間宵夢之丞ではなく、妻の己代子だった。己代子は、言いがかりはよしてと西崎早苗を追い返したあと、夢之丞を詰問し、娘の同級生らへの性的虐待を知った。そして激しく怒り、夫を殺してしまう。

そのあと西崎早苗も殺したのは、二つの隠蔽のためだ。一つは、口封じ。夫の異常な性的嗜好を表沙汰にされたら、責任や賠償の問題が生じてしまう。被害者は詩穂一人じゃないからな。どれだけ大変なことになるか。

もう一つは、殺人そのものの隠蔽。夫の死体を隠し、失踪したことにしたとしても、地域の人気者である彼が突然家を出ていく理由がない。けど、一緒に逃げたパートナーがいればどうだろう。夢之丞はママたちに色目を使われているので、その一人と駆け落ちするというストーリーには説得力がある。

早苗のことは、翌日の日中、自宅に呼びつけるか、あるいは向こうの家を訪ねるかして殺し、逃避行に見せかけるためにバッグや着替えを盗み出し、死体からはずした結婚指輪を早苗の家に残した。己代子はそして、二人の死体を処分すると、若い夫に駆け落ちされて気がおかしくなってしまった妻を演じた。いい時代だったよな。今だったら、自分から出向こうが、相手をこちらに呼びつけようが、その姿はそこらじゅうにある防犯カメラにとらえられて、あっけなく御用になっちまう。

密会の写真？　あんなの合成で簡単に作れるだろ。夢之丞の置き手紙？　日記？　自分で書けばいい。しかも見せただけで回収している。早苗からのメッセージカード？　これも自作で、嫉妬にかられたふりをして燃やして証拠隠滅している。

西崎宜史へのたび重なる嫌がらせも、駅前でのちらし配布も、お尋ね者ふうのポスターも、護摩(ごま)を焚いての呪詛(じゅそ)も、ぜーんぶ演技。宜史も、世間も、警察も、すっかり騙された。

おかげで西崎早苗は毒婦あつかいされ、宜史は情緒不安定になって詩穂を虐待するようになり、西崎家は崩壊した。そして詩穂は坂道を転げ落ちていく。

詩穂がいたずらされたのではという疑念を、早苗が宜史に一言でも漏らしていれば、嫌疑の対象者とともに妻が行方をくらましたのはおかしいと宜史は納得せず、事件はまったく違った展開になったはずなのに、あー、なんで一人で解決しようとしたんだよ。夫婦だろ。そんなに夫が信用できなかったのか?」

蒼空は髪を掻きむしり、

「いや、悪いのは早苗でも宜史でもない。なんて女だ、間宵己代子！」

平手をテーブルに叩きつける。

「夫が変態であったことに激怒して殺し、それを隠蔽するために罪もない他人も殺すとか。間宵己代子、おまえこそ毒婦じゃないか。だいたい、夫がロリに走ったのは、おまえと結婚した反動だろうが。金に目がくらんで婿になったはいいが、まぶしさがおさまって目が見えるようになると、なんでこんなババアに飼われてしまったのだろうと呆然としてしまう。ふた回りも歳上だぜ、無理無理。しかしある日気づく。周りを見ろ、ちっちゃくてかわいい子がよりどりみどりじゃないか――」

「違います」

蒼空の長広舌が突然さえぎられた。

「なんだ、喋れるのかよ」

蒼空は声の主には目を向けず、ふんと鼻を鳴らした。

「母は感情にまかせて行動したのではありません」

「へー」

「自分のために殺したのではないし、死体を隠したのも、自己保身からではありません」

「へー」

「母はわたしを守ったのです」

「あん？」

蒼空は顔をあげた。

「あの人の狙いは娘でした」

紗江子は無表情で口を動かしている。

「あの人？」

「継父」

「父親？　夢之丞？」

「あの人はお金目当てで歳の差婚をしたとみんな思っていて、ええ、それは間違っていませんが、連れ子の存在も大きかったのです。幼い連れ子を好きなようにできると考えたのです」

「マジかよ……」

絶句した蒼空をよそに、紗江子は淡々と言葉をつむぐ。

「母のいない日中、わたしはあの人の言いなりになりました。嫌で嫌でたまらなかったけど、抵抗しても全然力が足りず、母に告げ口したら痛い目に遭うぞと脅され、したがうしかありませんでした。

半年、一年と悪夢のような日々が続き、四年生の夏休みが明けたばかりのころでした。あの人は、わたしの友達を連れてくるようにと言いました。それまでも、うちにはよく友達が遊びにきていましたが、たいてい何人か一緒でした。それが、その時は、あの人は特定の名前をあげて、彼女一人だけ連れてくるようにと言ったのです。連れてくると、おやつのあと、おまえは外で遊んでいろと、わたしは追い出されました。家の中で何が起きているのか、わたしは察しました。なのにあの人を止めようとしなかったばかりか、またしばらくして別の子を連れてくるよう言われると、素直にしたがいました。友達がいたずらされることで、わたしは何もされずにすむからです。わたしも悪魔になりました」

蒼空の首筋あたりの毛穴が、ぞわっといっせいに開いた。

「悪魔の鎖から解き放たれたのは、詩穂ちゃんがきっかけでした。どうも様子がおかしいと、彼女のおかあさんが疑いを抱いたことで、あの人は母に問い詰められ、白状し、そして逆上した母に殺されました。浮気と片づけてしまうにはあまりに異常な性嗜好、しかも娘に手をかけたのです。母はわたしに代わって成敗したのです。

あの人が失踪したように見せかけたのも、わたしを守るためでした。殺したと自首すれば、あの人の異常さも明るみに出、わたしは好奇の目にさらされます。そうならないよう、死体を隠し、若い亭主に逃げられた憐れな歳上妻を、母は演じ続けたのです。すべて娘であるわたしのためにしたことなのです。

その結果、母は本当に精神を病んでしまいました。他人がいないので演技をしなくてもいい時でも、狂女のようにふるまうようになったのです。舞台でマクベス夫人を演じていた女優が、芝居がはねて自宅に戻っても、『何この汚れは⁉ 血よ！ 血！ ダンカン王の血！』と手を洗い続けるような状態です。虚構の世界に行ったきりで、社長業も家事もできなくなってしまいました。そしてこちらの世界に戻ってこられないまま、先年亡くなりました。

一人で子を産み、一人で育て、一人で守り──母は、その人生の半分を、わたしに費やしてくれたのです。母がいなければ、わたしはここに存在していません。その行為が社会的に赦されないのだとしても、わたしは母に感謝しています」

凄絶な告白をしても紗江子の表情は乱れず、言葉に感情は乗っていなかった。まるで、この時を見越して吹き込んでおいたものを再生しているような感じだった。

「黙れ」

蒼空は絞り出すようにつぶやいた。

「うるさいうるさい！」

もう一度、今度は声を張りあげた。このまま黙っていたら、話に取り込まれてしまいそうだった。

「おまえの身の上とか知るか。つか、てめえのお袋が詩穂の母親を殺したことは認めるんだな？」

顎を引いたのか、うなずいたのか、紗江子は微妙に首を動かした。

「てめえの家族間のごたごたで殺し合うのはかまわない。けど、その隠蔽のためによその家の者まで殺すか、フツー。悪女、魔女、毒婦、奸婦——お袋のニックネーム、どれがいい？　いや、全部足しても足りん。つか、その称号は、そっくりそのままおまえにもくれてやる。おまえが親父の使い魔として詩穂を陥れたんじゃねえかよ」

「それは……」

紗江子は口ごもった。

「それは何だよ。続けろよ。言い訳してみろよ」

やっと乱れた表情の隙間をこじ開けるように、蒼空は煽り立てた。紗江子の額から、こめかみから、汗が筋となって、頬、首筋と伝い落ちる。

「あの人に——」

紗江子は口を開き、すぐにつぐんだ。蒼空は激しく貧乏揺すりをして追い立てる。

「詩穂ちゃんを連れてこいと命令された時、風邪をひいて休んでいると嘘をつきました。一番の仲よしだった彼女だけは守りたかった。そのあとも、今日は日直だからとか、法事で出かけてるとか言ってはぐらかしました。でも、子供の抵抗なんてたかがしれてます。ぐずぐずしていたらわたしが何かされてしまうので、結局詩穂ちゃんをあの人に差し出すことになってしまいました」

「言い訳すんな！」

蒼空は怒声とともに両手をテーブルに打ちおろした。

「一番の仲よしだとぉ？　ああ、詩穂も言ってたな、紗江子ちゃんとは、中学にあがっても、別の高校に進んでも、県外に嫁いでも、変わらず仲がよくて、今でもしょっちゅうメールして、里帰りした時には互いの子供を連れて丘の上の公園でランチボックスを広げていたんだろうなあって、涙で顔をぐしゃぐしゃにしてた。そして鼻水をかんで、しゃくりあげながらぽつりと言うんだよ。『あんな事件がなければ……』」

紗江子は唇を噛む。

「詩穂は最期まで、間宵紗江子を親友だと信じていた。なのにおまえときたら、自分かわいさで、一番の仲よしとやらを悪魔に売りやがった」

紗江子は頭を垂れる。

「それだけでも極刑に値するというのに、おまえはお袋の悪事を知っていながら黙ってたわけだ。てことは、おまえも隠蔽に荷担したんじゃねえか。不幸自慢なんか俺には通用しないぞ。親子ともども、きっちり落とし前をつけてもらうからな」

フレーズごとにテーブルを叩き、蒼空が紗江子を威嚇している時だった。

「どう落とし前をつけるって？」

不意に入ってきた声があった。紗江子の立ち位置とはまったく違った方から聞こえた。

蒼空は驚き、椅子から腰を浮かせるようにして振り向いた。

ベージュのカーディガンにチェックのプリーツスカートを穿いた眼鏡女子が立ってい

た。カーディガンの下は白いブラウスで、臙脂のネクタイを緩く締めている。靴下はワンポイントの入った紺のハイソックス、手にはナイロンの四角いバッグを提げている。

「お疲れ」

ありふれた女子中学生のような出で立ちの人物の、バッグを持っていないほうの腕が、下から上に弧を描いた。蒼空は反射的に手を出し、飛んできたペットボトルをキャッチした。

「声がかすれてるぞ。それで喉を潤しなさい」

「誰？」

蒼空は呆然と尋ねた。

「少年、礼儀を教えてやる。人に名前を尋ねる際には、まず自分から名乗るものだ。しかしまあ、話は聞かせてもらったから、自己紹介は結構。あの子の息子か。感慨深いな」

少女は頰に手を当てる。

「だから誰だよっ」

蒼空は目の前の少女をつつくように指さす。

「お待たせ」

「は？」

「間宵己代子だよ」

「はあ？」

「母です」

紗江子の声に、蒼空はそちらに顔を向けた。

「私に会いにきたんだろう？」

蒼空は顔を戻す。しばしの棒立ち状態ののち、少女に一歩詰め寄った。

「ギャグのつもりか？　すべってるぞ。で、誰なんだよ、おまえは？」

「だから間宵己代子だって」

「しつこい」

蒼空はもう一歩、今度は狂言師のように足を踏み鳴らして詰め寄る。

「母です」

紗江子が言う。真顔である。蒼空は少女を見据える。

つやつや輝く肩までの黒髪、皺一つないつるんとした肌、膝丈のスカートにハイソックス——どう見てもミドルティーンである。女子中学生のコスプレをした熟女ではない。化粧で皺や染みは隠せるだろうが、目の前にある顔は化粧っ気がまるでない。そう、彼女とは一メートル半しか離れていないのだ。この部屋の窓には半分雨戸がたてられているが、侵入したあと電灯をつけたので、室内は普通に明るい。十代と六十代を見間違えることがあろうはずがない。

「能面でボケるのが芸風か？　こいつ、あんたの子供くらいの歳じゃないかよ」

蒼空は紗江子に言う。言ってから、はたと手を叩いた。

「娘か。自分の娘に母親の名前をつけたのか」

「わたしが産んだ子です」

紗江子は言下に答えた。しかしそのあと、妙なことをつけ加えた。

「和香菜と名づけました。けれどそのあと母になったので、今は已代子です」

「自分の子供の養子になったということ？　そんなことできるのか？」

「そうではありません」

「中卒にもわかるように説明してくれ」

蒼空は眉を寄せた。

「細かいことはいいんだよ」

眼鏡女子が言った。

「よくねーよ。細かいどころか、どでかい問題だ。俺はおまえみたいなガキに会いにきたんじゃない。おまえは、そこにいるおばさん、間宵紗江子の娘なんだよな？　だったら、俺が用があるのは、おまえのばあちゃんだ」

蒼空は少女に向かって顎をしゃくる。

「少年、人を見た目で判断したらだめだぞ」

「おまえがババくさいのは、その喋り方だけじゃねえかよ。喋り方はババくさいけど、声は子供だし」

「外見なんて、どうとでもなる。若い肉体を得れば、声も若返る。声帯も、それを動かす筋肉も、くたびれてないからな。一方、喋り方、その内容は、それまで生きてきたものが反映される。つまり、こう見えて、中の人は間宵己代子なんだよ」

「若い肉体を得た？　美容整形？」

蒼空はあらためて少女の顔に見入る。

「少年、目的を見失っているぞ」

至近距離で見つめられたからか、少女の顔をした女は、視線をさえぎるように眼鏡のテンプルを掌で押さえた。

「目的？」

「少年は間宵己代子に用があって来たんだろう？」

「そうだよ」

「それは、間宵己代子の若さの秘密を探るためか？　違うだろう？」

「違うけど、気になるって。若すぎる。今の医療技術はここまで発達しているのか？　ヒアルロン酸？　ボトックス注射？　iPS細胞？　あ！　園のテレビで見たぞ、ブラピの映画。老人で生まれて、だんだん若返るやつ。おまえもそれ？」

「落とし前がどうとか」

「あ？　おまえ、西崎早苗をどうした？」

蒼空はハッとして頭を切り換える。

「それは、間宵己代子に対して尋ねているのだな？　つまり、私を間宵己代子と認めたと」

　そう言う彼女は、どの角度から見ても、やはり少女の顔をしている。

「いや、まあ、とりあえず。わけわかんないけど」

　蒼空は片手で髪を掻きむしって、

「で、西崎早苗だ。おまえが殺したんだな？　そして間宵夢之丞の死体とともに隠し、二人が駆け落ちしたように見せかけた」

　間宵己代子を名乗る女に詰め寄る。

「だとしたら、どう落とし前をつける？」

　恥じらいの表情は、もうない。

「殺したと認めるんだな？」

「仮に認めたら何が起きるのかという、あくまで個人的興味」

　その嘯(うそぶ)きは、明らかに挑発的だった。呑まれないよう、蒼空は強い気持ちを押し出す。

「警察に行くのが普通だわな。二十六年前の事件だが、殺人罪には時効がない」

「少年、よく知ってるね」

「だが、警察は最終手段だ。俺、警察にはＰＴＳＤなんだよ。ガキのころからたびたび厄介になっていて、説教されたりどやしつけられたり殴られたりで。それに、たとえおまえが死刑になったところで、俺には何の得にもならない。精神的に満たされることもないだろう」

「じゃあ、その手で殺すかい？」

間宵己代子は右手をピストルの形に握る。

「自分で殺ればスカッとするかもしれないが、それも一時的なものだろうし、あんたを百回殺したところで、これまでの不幸を帳消しにして、愛情たっぷりの父母を手に入れることはできない。そう、過去は絶対に書き換えられないんだよ。けど、未来はどうとでもなる。俺の人生だって、マイナスからプラスへ変えられるんだよ。あんたにはそのサポートをしてもらおうか」

「お金？」

「金で得られる幸福は刹那的だということを、耳に胼胝ができて難聴になるほど施設の教師や牧師から聞かされたが、あれは無能な大衆に高望みを捨てさせるための洗脳さ。刹那が連続すれば、それは永遠だ。金で刹那の幸福が得られるのなら、それを連続させればいいだけの話。つまり、金で永遠のしあわせを摑めるってこと。これが真理」

「今どきの子にはかなわないねぇ」

己代子は少女のほほえみをたたえた顔でババ臭い言葉を吐く。

「毎月外車を買い換えたいなんて贅沢は言わないから安心しろ。お宅は相当持ってそうだし、俺みたいなのに小遣いをくれてやるくらい、どうってことないだろう」

「うちは、母一人子一人で、ぎりぎりの生活だよ」

「嘘つけ。社長のくせに」

「いつの話よ」

「こんなご立派な家に住んでる」

「建てたのが、羽振りがよかった時代だったというだけ。築三十年で、建物の価値はないよ。駅からも幹線道路からも離れていて、土地の価値も知れてる。逆さに振っても埃（ほこり）しか出てこないよ」

「死体は出てくるだろ」

カウンターを当てるように、蒼空は核心を衝いた。

「はい？」

「死体は庭に埋めたんだから」

「あるもんか」

「すっとぼけ。おかげで雑草がよく育って、いい目隠しになったみたいだな。骨は返してもらうぞ。と、夢之丞の骨はいらないから」

「シャベルは貸してやる。ネズミの骨でも拾って、せいぜい供養してやりな」

絶妙なパンチが当たったはずなのに、相手はダメージを受けている様子なくやり返してくる。

「強気に出れば、ひるむとでも？　残念でした。ネタはあがってんだよ」

「ネタ?」

「失踪騒動の中、西崎宣史に対していろんな嫌がらせをしたよな。泥を詰めた衣装ケースで玄関のドアを開かなくしてしまったのもその一つだが、ところでその土はどこから調達したんだ? 山からせっせと運んできたのか? 川の土手を崩したのか? いいや、産地はここの庭だ。穴を掘って死体を埋めたら、死体の容積に相当する土が余る。二体分だ。その処分をかねた嫌がらせだったんだ。ところが、その嫌がらせだけでは処分しきれなかったため、娘にも協力させた」

蒼空は紗江子の方に顔を向けた。彼女は依然として立っていた。

「継父が消えたあと娘は、川や溜め池で目撃されるようになった。詩穂はそれを、思い詰めて入水するのではないかと心配したらしいが、実際はそんなせつない話ではなかった。間宵紗江子は、庭を掘って出た土を、少しずつ河原や池に撒いていたんだ、母親の指示で。なあ?」

紗江子は反応しない。

「処分法はもう一つ、この家の座敷にあった大小の黒い玉ね。なーにが神への声を増幅する黒水晶だ。泥団子だろ? 目の細かな土を丁寧に丸めて乾燥させ、磨きをかければ、光り輝く玉になる。俺も施設のお遊びの時間に作らされた。要するに、母は小学生の娘に隠蔽の片棒をかつがせていたということだ。子供が親に逆らえないのをいいことに悪事に巻き込むのは、れっきとした虐待行為だぞ——なんて責めたりはしないから、その点は安心しな。死体が庭にあると考えられる理由を挙げたまでだ。お見通しなんだよ」

蒼空は紗江子を指さし、体をひねって己代子を指さした。いつの間にか、己代子は床に脚を投げ出して坐っていた。

「何かコメントしろよ。あ、そうか。言い訳を考えているのね。ごゆっくり」

蒼空は椅子に腰をおろし、悠然とペットボトルを口にする。

「メイタンテイさんだ」

己代子が膝の上で手を叩いた。

「観念したか」

「迷うほうの迷探偵」

「何だと？」

「シャベルを貸すと言ってるだろう。ガレージにあるから、気がすむまで庭を掘るがいい」

己代子は笑みをたたえている。

「ああそういうことね。今はもう埋まってないんだな。殺害直後に埋めてから、十分時間が経ったあとに掘り出し、別の場所に遺棄した。その時には骨になっていただろうから、処分は楽だ」

「そんなことしてないよ」

「俺が掘ったところで何も見つけられないが、警察なら話は別だ。布きれや髪の毛を鑑定できる。あくまでしらを切るのなら、仕方ない、警察案件にするまでだ。俺と取引して穏便にすませるか、人殺しであることを公にして残りの人生を棒に振るか。親子でよく話し合って決めることだな」

　蒼空はテーブルに肘を突き、掌に顎を載せる。

「二の白かな。大目に見て一の黒」

　己代子が膝を抱えてつぶやいた。

「あん？」

「少年の推理は的はずれではない。二の白あたりには当たっている。だが、正鵠を射ていない」

「何言ってんだよ」

「弓道にたとえてるんだよ」

「わかんねえよ」

「ああ、でも、的のどこに的中しようが点数に差はなく、一律当たり判定なのだから、当たっているといえば当たっているわけか」

「だーかーらー、そんなたとえじゃわからねえって」

「いいよ、警察に重機で庭を掘らせても。温泉が湧くまで掘ったところで死体の痕跡なんか出てこないから」

　自信満々の態度に、蒼空はすぐにレスポンスできなかった。

「けど、惜しい。目のつけどころは間違っていない。惜しいといえば、私がここに入ってくる前に語っていたこともね。西崎さんのご主人に見せた置き手紙、日記、メッセージカードが私の手による捏造だという指摘はいいとして、夢之丞と西崎さんの奥さんのツーショットは合成写真じゃないから。無料アプリで——」

「待てよ、待て。置き手紙なんかを偽造したことは認めるんだな?」

さらりと言われたため、蒼空はあやうく聞き流してしまうところだった。

「うるさいわね。黙ってお聞き」

己代子は取り合わず、自分のペースで進める。

「無料アプリを二、三度タップするだけで写真の合成ができる時代じゃないのよ。スマホなんかなかった。今で言うガラケーしかなくて、しかもカメラはまだ搭載されていなかった。だいたい、一般向けのデジカメ自体、まだ存在していなかったんじゃなかったかしら。フィルムで撮影した写真を——なんて知らないでしょうね、少年は——合成するのは素人にできることではなかったわ。

あれは正真正銘のツーショットよ。撮ったのは本物の探偵。私はね、夢之丞がママさん連中と浮気しているのではと疑っていたの。

夢之丞は、学校の行事に出ていくと、ママさんたちに取り囲まれ、旅行のお土産やら手作りのパンやらを山ほど抱えて帰ってきた。はじめのうちは、私はそれを笑って見ていた。あの人は自分から、俺ってアイドルなんだぜと言っていた。やましいことがあったら、普通、よその女に好かれていることは隠しておくものよ。やましいことがなくても、妻にあらぬ疑いを持たれても困ると、黙っている。けれどあの人は、モテモテでまいるよなぁと、あっけらかんとしていた。私はそれに安心しちゃったのね。それどころか、この人はあえて妻を嫉妬させようとしているのかもしれない、妻を精神的にいじめる一種のプレイね、かわいい人、なんて暢気に思ってもいた。でもある時、ふと思った。あけっぴろげで隠し事がない姿は目くらましじゃないかって。徒心がないように見せかけて、実は浮気をしている。

ひとたび湧き起こった疑惑は、まさかねと笑ったところで消し去ることはできないものよ。だから私は探偵事務所に浮気調査を依頼した。その結果、あの人はママさんたちと頻繁にお茶やランチをしていることが明らかになった。たいていはグループでだったけど、一対一でのこともたまにあった。西崎早苗はそういう相手の一人で、例の写真は、この調査の際、探偵が撮ってきたものなの。

食事をして、それから？　それだけ。映画？　観ない。ドライブ？　しない。この家に女を連れ込んだり、向こうの家にしけ込んだり、ラブホに行ったりもしない。お茶やランチをしながら小一時間お喋りするだけ。よく、ママ友どうしでカフェに行くじゃない。それと一緒よ。

夢之丞と詩穂ちゃんのママとのつきあいは、とても交際していると言えるほど親密なものではなかった。ほかの誰ともね。うるさい人は、妻に無断でよその女とお茶するだけでも浮気に値するとキーキー声でなじるだろうけど、私はその程度なら目くじらを立てないわ。だから、浮気は私の取り越し苦労だったということで、この件は終わりにした。

ところがよ、ママたちは真実から目を遠ざけるための道具だったというんだから、まんまと騙されたわ。私の目は曇っていた。ううん、私のことはいい。あの男は鬼畜よ。大人を隠れ蓑に子供を狙っていた。しかも自分の娘まで。殺しても殺し足りないわ」

己代子は喉を鳴らして大きく息を吐いた。先ほどまでのあどけなさはどこにもない。

「夢之丞を殺したんだな？　その隠蔽のために、西崎早苗も殺したんだな？」

蒼空は確認する。

己代子は返事をせず、ぴょこんと立ちあがった。背後のドアを開け、居間を出ていく。

「逃げるのか？」

「少年の願いを叶えてやるんだよ。ついてくるがいい」

「は？」

「おばあちゃんの骨を拾いたいんだろう？」

「西崎早苗の？　やっぱり庭に埋めたんだな」

「だから、庭じゃないって」

己代子は玄関の手前の襖を開けた。真っ暗な部屋から饐えたような臭いが漂い出てきた。点灯管が点滅し、白い明かりが灯る。

「汚ねえな」

蒼空は遠慮なく本音を口にした。

そこは六畳ほどの広さの部屋だった。座敷のようだったが、畳はほとんど見えなかった。皿、枕、電卓、タオル、マグカップ、雑誌、ぬいぐるみ、血圧計、シャツ、達磨、請求書、リモコン、定規、ペットボトル——さまざまなものが畳の上に散乱していた。その中心には炬燵があった。まだそんな季節ではないのに、炬燵蒲団もかけられている。

「食べ残しは置いてないから不衛生ではないよ」

己代子は、ポーチやパップ剤や乾電池や算盤の間を、器用な足取りで奥に進んでいく。蒼空は雪道の足跡をたどるようにあとに続いた。

己代子は押入れまで達した。襖をさっと開ける。上段には樹脂製の衣装ケースが二列で積み重ねられていた。下段にも衣装ケースが積まれていたが、こちらは一列で、もう一列ぶんのスペースがぽっかり空いていた。己代子は開けた襖の前にかがみ、そのスペースの部分の床に両手を持っていった。もぞもぞ動かす。

「床下に埋めたのか！」

蒼空は察した。

「その目で確かめるんだね」

己代子が体を横にずらした。手には七、八十センチ四方の板が握られている。床板の一部がはずれるようになっているのだ。

蒼空は押入れの敷居の手前に両手両膝をつき、押入れの中に首を突き出した。

「見えねえ」

真っ暗な空間に向かって蒼空がつぶやくと、肘に硬いものが当たった。己代子が懐中電灯を差し出していた。蒼空はそれを受け取り、四つん這いで穴の縁まで進むと、LEDの冷たい光を、床に開いた穴の中に差し入れた。台所の床下収納庫を思わせる四角い縦穴だ。しかし床下収納庫よりずっと深く、一メートル半はあるか。

「ずいぶん掘ったもんだな」

「家を買った時からあったんだよ。昔の防空壕」

「へー、言葉でしか聞いたことがなかった。防空壕って、こういうのか」

「少年、そんなことだと、オレオレ詐欺にも引っかかるよ」

「は？」

「嘘だよ。私が掘った」

「おい」

「屋外だと人目が気がかりだから、短時間で一気に掘ってしまわないといけないけど、ここだったら作業を見られる心配がないからね。毎日こつこつやったよ」

「で、死体は？　あの下？」

へこまされたことを塗り隠すように、蒼空は早口でつっかかった。穴の中はがらんとしており、底に簀の子のような板切れが敷かれていた。

「あれはただの足場。壁の下の方にへこんでる部分があるだろう？　その奥」

蒼空は光の輪を移動させた。切り立った壁の一つの面に、壁龕（ニッチ）のような四角い窪みがあった。

「奥まで見えねえよ」

「降りればいい」

窪みの正面の壁に梯子（はしご）のようなものがしつらえられていたが、飛び降りたほうが早いと、蒼空は穴の縁に尻を置き、両脚を穴の中に垂らした。が、すぐに脚を抜き、尻を滑らせて押入れを出た。

「閉所恐怖症かい？」

己代子が笑った。

「ひゅー、危ない、危ない」

蒼空はさっと立ちあがり、両頬を軽く叩く。

「カッコつけずに、足場を伝って降りな」

「あやうく引っかかるところだったぜ」

「はい？」

「穴に降りたら、閉じ込めようって魂胆だろ。知りすぎた男は消せ」

蒼空は己代子から床の蓋（ふた）を奪い取った。

「猜疑心の強い子だね」

己代子は笑っている。

「一緒に来い」

蒼空は己代子の腕を摑む。

「私も降りろ？」

「そうだ」

「二人は、きついぞ」

「さっさと降りろ」

蒼空は己代子の肩を押して、

「おまえもだ」

と振り返る。紗江子が座敷の入口で柱を抱くようにして立っている。

「三人は無理」

己代子が言った。

「うるさい」

と言い返したものの、穴の広さを見ると、たしかに三人入るのは難しそうだった。一人連れていけば、それが人質となり、もう一人の行動を抑止できるだろうと蒼空は判断し、紗江子は置いていくことにした。

己代子を先に、蒼空があとから梯子をおりた。逆だと、逃げられるおそれがある。

「見るなよ」

簀の子に女の子坐りした己代子がスカートの後ろを押さえた。

「見ねーよ」

蒼空は懐中電灯の光を彼女からはずす。

「今日は体育があったから、体操着のスパッツを穿いてるけどね」

体育？　学校に行っているのか？　ということは、美容や医療によって若く見えているのではなく、本当に若いのか？　しかし紗江子は「母」と呼び、この女も紗江子の母としてふるまっている。何より、間宵己代子でないと知らないようなことを口にし、事前の打ち合わせもなく発したこちらの質問にも、考え込むことなく答えている。別人によるなりすましで、ここまでよどみなく喋れるものだろうか。

蒼空がとまどっていると、ふっと明かりが灯った。蒼空が持つ懐中電灯とは違う、暖色系の明かりだ。

壁龕に置かれた金色の灯立の上で、蠟燭の橙色の光がゆらいでいた。灯立は対になっており、その間に置かれた香炉には、線香が二本立ち、淡く赤い光を放っている。

「何だよ、これは」

蒼空は己代子の横にヤンキー坐りし、壁龕を懐中電灯で照らした。

「便利な時代だね、火を使わなくてもよくて。ＬＥＤなのに、炎のゆらぎまで再現している。線香も電池で光ってるんだよ」

己代子は祭壇のようなものに向かって手を合わせる。

「そういうことを訊いてるんじゃない。これは夢之丞と早苗の仏壇なのか？」

「今も毎日冥福を祈ってる。三度三度ごはんもあげてるよ」

あなたも手を合わせなさいとうながすように、已代子は半身になって壁龕（ニッチ）の正面を空けた。

「自分で殺しておいて、どの口が言う」

「死者に罪はないからね」

「ふざけんな。早苗は生きてる時にも何の罪もなかったんだぞ」

蒼空は祭壇に手を伸ばし、仄明るい空間を引っぱたいた。ＬＥＤの蠟燭や線香と一緒に、その後ろに立っていた数枚の細長い木の板が下に落ちた。

「罰が当たるよ」

已代子は悪びれたふうもなく、落ちた物を拾い集める。

「死体はこの窪みの奥か？」

「そうだよ」

「鶴嘴（つるはし）とかスコップとかないと掘り出せねえじゃねえか」

「ガレージにあるよ」

「降りる前に用意しとけよ」

「有無を言わさず穴に押し込んだのは誰だい？」

「うるさい。よこせ」

蒼空は己代子から燭台を奪った。ためしに底部の角で壁を掻いてみようとした。

「あ！」

己代子が大きな声をあげ、蒼空はびくりと手を止めた。

「それも罰が当たるぞ」

「はあ？」

「壁をよくごらん」

燭台の明かりを近づけると、壁龕部分の土の表面に、細い溝のようなものが認められた。一本ではない。縦横に、斜めだったり、曲線だったりと、錐で引っ掻いたような筋が広がっていた。

「何だ、これ？」

「お経」

「ぁん？」

「供養のためさ。仏説摩訶般若波羅蜜多心経観自在菩薩行深般若波羅蜜多時照見五蘊皆空度一切苦厄――」

己代子は手を合わせて経を唱える。

壁一面に経文が彫られていた。壁龕の奥だけではない。四方の壁の、足下から天井まで、判読不能だが、漢字と見えるものが連綿と彫り込まれていた。

蒼空は身ぶるいした。仏罰を恐れたのではない。暗闇でこれだけの作業をやりとげた狂気にたじろがされた。しかし虚勢を張ってやり返す。

「だからぁ、供養とか、どの口が言ってるんだよっ」

あらためて壁龕の奥に手を伸ばすと、今度こそ燭台の底部で壁を掻いてみた。細かな土がわずかに落ちただけだった。

「あーあ、この罰当たりが。是故空中無色無受想行識無眼耳鼻舌身意——」

己代子が手をすりあわせて声を張りあげる。蒼空は、黙れと肩を小突いたあと、彼女の手にある板を指さした。

「それ、位牌のつもりか？　どこまで懺悔ごっこしてるんだよ」

「似たようなものだけど、これは卒塔婆というんだよ。これが、少年のおばあちゃん、西崎早苗さんの」

「夢之丞のもあるのか？」

己代子は板の一本を壁龕に戻す。表面には梵字が書かれている。

「これ」

己代子はもう一本戻す。

「なんで、あと三本もあるんだ？」

蒼空は指を三本立てた手を振りたてて、

「もう三人の死体が埋まっているのか？　いったい誰を殺した？　これは誰だ？　これは？　これは？」

己代子の手に残る卒塔婆を一本ずつ抜き取っていった。

「ここに眠っているのは、夢之丞と少年のおばあちゃんだけだよ」

「じゃあなんでほかの卒塔婆があるんだよ」

「ゆかりのある者たちだから、一緒に弔っているんだよ」

「親戚？」

「少年、覚悟はあるか？」

「はあ？」

「聞いてしまったら、少年も業を背負うことになるぞ」

物言いがものものしければ、レンズの奥の目も笑っていなかった。

「何だ、そりゃ」

蒼空は笑った。怪談の怖さをまぎらすために笑うような心境だった。

「言葉は人に取り憑くよ。古来より、言葉で呪いをかけるだろう？」

「もったいぶらずに、とっとと説明しろ」

虚勢を張るのも恐怖の裏返しだった。

「八塚元彦」

己代子は一人の名前を口にして、蒼空の手から卒塔婆の一本を奪い返すと、先ほど戻した二本の卒塔婆の横に立てた。

「誰だよ？」

「紗江子の大学の同級生。ここにごはんをお供えしようと襖を開けたら、下の段に身をひそめていたんだよ。いったい何を目的に侵入したのか、そして何を見たのか訊き出すために、一服盛った」

「クスリ?」

「普通に質問して、正直に答えるとはかぎらないからね。薬物で理性の箍を緩めてやれば、心の中を自由に覗くことができる。酒に酔ったら口が軽くなるだろう? その状態を作り出すドラッグ。私が会社、紗江子が学校に行っている間に、夢之丞はここのキッチンでドラッグの合成をしていたのよ。レシピは、ホテルマンだった時、外国人の宿泊客に教えてもらったのだとか。だからうちには、夢之丞が遺したいろんなドラッグがあって、その中の一つを八塚元彦に使った。

すると、彼はこの穴の存在には気づいていないとわかり、それは安心したのだけど、とんでもないはかりごとを告白した。紗江子を精神的に追い詰め、大学に出てこられなくしてしまおうというんだ。レイプも辞さずというんだから、これは黙って帰すわけにはいかない」

「だから殺したのか」

「殺したのはお役人様」

「役人?」

「八塚元彦の背後にはキャンパスクイーンがいて、彼女への劣情から、やつは紗江子を陥れようとしたんだ。だから言ってやった。

『欲しい女がいるのなら、回りくどいことをせず、直接ものにすればいいのに』

そうささやいてリリースしたところ、クスリで気が大きくなっていた彼は、その足で女王様の部屋に押しかけた。正体をなくすほどラリッてたのに、ちゃんと電車に乗って、乗り換えも間違えないんだから、動物の帰巣本能というのはすごいね。で、女王様を力ずくでものにしたのだけど、それを知った彼女の恋人、某省職員三十歳に、ゴルフクラブでめった撲ちにされた」

「死ぬまで？」

「死ぬまで」

「恐ろしいことしやがる」

「それは、理性を失ったお役人様に対するコメントだよね？　こちらはそこまで望んではいなかった。女王様と従僕を衝突させることで、紗江子にかまっているどころではなくしようとしただけ」

「いや、それでも十分恐ろしい。やっぱり毒婦じゃねえかよ。猛毒婦」

「それにね、実は私は何もしてないんだよ」

「ぁん？」

「さっき紗江子から聞いただろう？　私はね、ツバメに逃げられて理性を失ってしまった年増の演技を続けるうちに、精神の切り替えがうまくいかなくなってしまったんだよ。

電化製品のスイッチなんかも、オンオフを繰り返すうちに、接触が甘くなってしまうだろう？　それと一緒。八塚元彦が侵入した当時は、すっかりあっちの世界に取り込まれていて、目の前の現実を現実として認識し、適切な判断をくだす能力が失われていた。だから、八塚元彦をクスリで自白させようと考えたのも、女王様に突撃しちゃえとそそのかしたのも、私じゃない。紗江子よ。私は蚊帳の外」

「娘のせいにするとか」

「本当です」

突然、上から声がした。

「当時の母の精神状態では、相談しても頼りにならないことは明らかでした。むしろ事態を混乱させてしまいそうでした。ですから、始末はわたしの独断で行ないました。多少の嫌がらせには我慢してきましたが、いじめの根は深く、このまま受け流してもやまないとわかったし、八塚さんは母のことも興味本位で探っていて、それも嫌がらせの材料にされかねません。また、母のことが広まれば、彼のほかにも母に好奇の目を向ける者が出てきて、押入れの穴に気づかれてしまうかもしれない。自分の身もですが、母と、この家を守るためには、危険な芽を摘み取るしかなかったのです。でも、八塚さんと摂津さんの間に激震を生じさせ、わたしや母にかまっている場合ではなくしてしまおうと考えただけで、まさか八塚さんがあんなことになってしまうなんて……」

「だとさ」

己代子は勝ち誇ったように眼鏡のテンプルに指を当てた。

「つか、おまえ、いつスイッチが直ったんだよ。今は普通じゃないか」

蒼空は言った。告白の内容は異常だったが、会話は正常に成立している。

「生まれ変わった時にリセットされた」

「はあ？」

「その話はあとにして、次はこの子、岩室美羽」

己代子は蒼空の手から卒塔婆の一本を取りあげる。

「この子は八塚元彦より危険なゾーンに踏み込んでしまった。隠れん坊で押入れに隠れた際、この穴を見つけてしまったんだ」

「隠れん坊？　子供？」

「小一。見たことを黙っていろと言いふくめても、いつ、ぽろっと口にしてしまうかわかったもんじゃない。幼すぎて、金品で口を封じることも無理だろう。さて困ったどうしようと思案していたら、事故で命を落とし、こちらは命拾いをした」

「何だよ、その、できすぎた話は」

「できすぎも何も、警察が事故と断定したんだよ。それが事実」

「真実は、事故に見せかけて殺したんだな？　どういう事故だよ」

「キッチンは覗いたかい？　シンクの横に、ぽっかり空間があっただろう？　あそこにはもともとオーブンがあったんだ。七面鳥でも子豚でも丸焼きできる、それはそれは大きなオーブンだった。アメリカ製の年代物のため、スイッチが緩くなっていて、安全装置もついておらず、取り扱いには相当な注意が必要だったけど、まさかあんなことに使われるとは思わないよ。そりゃ、小さな子なら、全身を隠すことはできるけど。まったく残念なことが起きたものだ。さすがに使い続ける気にはなれず、撤去したよ」

遠回しな表現の隙間を想像で補完し、蒼空は顔をしかめた。非道な話を聞かされ続けてきたが、ここまで胸が悪くなる話もない。

「お菓子の家の魔女でも気取ってるのか」

罵（ののし）りながら目を開けたら、そこに已代子はいなかった。左、右と首を回しても、彼女の姿を見つけられなかった。

いないはずがなかった。逃げられないよう、蒼空は梯子に背中を貼りつけるようなポジションを取っていたのだ。

体を反転させ、梯子を照らそうとして、蒼空はきょとんとした。

手にしていたはずの懐中電灯がなくなっていた。穴蔵を照らしているのは、祭壇にあるLED蠟燭のたよりない明かりだった。

わけがわからなかったが、蒼空は燭台の一つを手にすると、その腕を梯子の方に伸ばした。下から上へと動かす。

ぼんやりした光の輪が一番上まで到達し、蒼空は、あっと声をあげた。

穴の入口が閉じていた。

蒼空は燭台を放り捨てて梯子をのぼり、天井に手を当てて押した。動かなかった。

「おい！　開けろ！」

蒼空は声を張りあげながら天井を叩いた。少しも動かない。

「ごきげんよう」

蓋の向こうから、己代子のとぼけた声がした。

「降りてこい。話はまだ終わってないぞ。とにかく開けろ」

「『知りすぎた男は消せ』」

「あ？」

「警戒していたじゃないか。なのにどうして引っかかるかね」

蒼空は顔がカッと熱くなった。それでいて背中を冷たい汗が伝い落ちた。

「閉じ込めたのか？」

動転し、わかりきったことを尋ねることしかできない。

「閉じ込められたの？」

笑いをこらえているのが目に浮かぶようだったが、蒼空は一喝することもできなかった。

「おまえ、どうやって出ていった？」

「普通に梯子をのぼって」

「使えないよう、ブロックしていたぞ。上の方の段までジャンプしたのか？　体操かバレーボールでもやってるのか？」

「横になっているのをまたいで梯子に手足をかけただけだよ」

「横になってなんかないぞ。ずっと坐ってた」

「寝てたよ。歯軋りがひどいね」

「寝てた？　んなわけないだろ」

「じゃあ、文鎮の話は憶えてるか？」

「文鎮？」

「オーブンの事故の話は憶えてるか？」

「何が事故だ、胸糞悪い」

「亡くなった子の母親がおかしくなって、文鎮を振り回して傷害事件を起こした。執行猶予ですんだけど、離婚という罰も受けることになった。憶えてないだろう？　この話の途中から、船を漕ぎはじめた」

「嘘だ」

「嘘なもんか。少年が寝息を立てはじめたから、私はおいとまさせていただいた」

「嘘だ」

「じゃあ訊くよ。穴に降りたのは何時だった？」

「はあ？」

「夕方の五時だった。じゃあ今は何時？」

「時計持ってねえし」

「午前零時を回ったところ」

「十二時？　七時間も経ってるわけないだろ」

腕時計ははめていないが、スマホで時刻を確認できると気づき、蒼空はポケットを探った。

「知らない人にもらったお菓子を食べてはいけません、黴菌（ばいきん）や針が入ってるかもしれませんよ——施設ではそういう教育はしないのかね」

「あ？　あ⁉」

一服盛られた？　それで意識を失ってしまった？　何に入っていた？　バナナ？　ヨーグルト？　いや、あれは本来、この家の者が食べるものなのだから、薬物が入っているはずがない。そうか、ペットボトルだ。已代子が投げてよこしたペットボトル。長く喋って喉が渇いたので、遠慮も警戒もなく口にしてしまった。即効性ではなく、穴におりて已代子の話を聞くうちに寝落ちしてしまったのだ。

「不用心、不用心」

愉快そうな声が響く。

「開けろ。このクソアマ」

蒼空は悪態をつくが、言葉に力が入らない。

「せっかく捕まえたネズミを逃がしてやる人はいませんよっと」

「開けろ。開けろ。開けてくれ――」

天井を叩きながらむなしく繰り返すうちに、蒼空は突如として笑いがこみあげてきて、そのまま声に出して爆発させた。

「絶望で狂った？ 意外とメンタルが弱い子だね」

已代子が言った。蒼空は言う。

「今すぐ開けろ。そしたらチャラにしてやる」

「チャラ？」

「おまえがやったあれやこれやは、遠い昔の不幸な出来事だったということで、すべて水に流す。金も要求しない」

「開けなかったら？」

「おまえを警察に引き渡す。お上の世話にはならないつもりだったが、この際仕方ない」

「出られないのに、どうやって警察に連れていくんだい」

プブッと噴き出す擬音つきで嘲笑する。

「ババアは携帯端末というものを知らないらしい」

蒼空はプブッとお返しする。

「警察上等。呼べばー。まだー？ 地下で電波が入らない？」

挑発を聞き流し、蒼空はポケットに手を入れた。カーゴパンツの八つあるポケットを順に探り、二巡目に入ってもスマホの手応えはなかった。

「盗ったのか……」

蒼空は呆然と漏らした。

「誰かと違ってぬかりないよ。年の功ってやつさ」

財布もナイフも取りあげられていた。必要最小限の生活用品を詰めたデイパックもなくなっていた。

「開けろ。開けろ。頼む、開けてくれ。開けてください」

蒼空はなすすべもなく、呪文のように繰り返すしかなかった。

呪文の効果はなく、天井は開かなかった。

「開けろってんだよ、このクソアマ！ 殺されてえか！ 出てこい！ 卑怯だぞ！ 人殺し！ 人でなし！」

蒼空は天井を殴りつけながら口汚く罵った。己代子は一言もやり返してこなかった。去ってしまったのか。

声が嗄れ、拳が裂け、蒼空は重力にまかせて床に落ちた。そのまま簀の子に頬ずりをして横たわっていたが、やがて緩慢に身を起こすと、土の壁に手を当てた。わずかに湿り気を帯び、ざらついている。細かな窪みが無数に走っていることを指先が感じる。

事態が事態だけに、ためらいはなかった。蒼空は燭台を逆さにすると、土台の角を壁に打ちおろした。経文の何文字かが崩れ、土塊として足下に落ちた。岩のように硬くて歯が立たないことはなさそうだった。

時間をかければ、斜めに掘り上げていき、庭に出ることができそうだ。時間をかければ。

絶望的な硬さではないが、砂山を掘るように、みるみる穴が深くなるということもないのだ。庭まで何メートル掘らなければならない？　いったい何日かかる。いや、何週間？　何か月？

ここが監獄なら、一日一センチしか掘り進められなくても、二年かければ脱出できるという希望がある。毎日三度三度食事が提供され、生命を維持できるから。

しかし間宵己代子は食事を与えてくれないだろう。小腹を満たすための菓子をなにがしか持っていたが、それの入ったデイパックは取りあげられてしまった。いったい人間は飲まず食わずでどれだけ生存できるものなのか。不眠不休で掘ったとしても、トンネルを貫通させられるとは、とても思えない。

いや、水や食料よりも切実な問題がある。

空気は？　この狭い密閉空間、酸素がつきるまであと何時間？　何分？

蒼空はふたたび荒れ狂った。簀の子を両手で抱えあげ、振りあげると、壁に打ちつけた。返す刀で反対の壁に打ちつけ、隣の壁、足下と、言葉にならぬ声、咆哮（ほうこう）のようなものをあげながら、叩きつけ続けた。暴れると、酸素の消費が増え、それだけ死期が早まるのだが、坐して死を待つのは耐えられなかった。

やがて簀の子は爆発したように四散した。しかし壁や床が劇的に崩壊することはなかった。己代子が様子を見に戻ってくることも。

「ざけんなっ！」

蒼空は一言吠えたのち、空気が抜けたようにその場にへたり込んだ。何をするにも時間が足りず、何をしても無駄だと、本能が悟った。

息苦しい感じは、まだない。もうすぐ死んでしまうとはとても思えない。しかし、たとえ気密性が低くて窒息はまぬがれたとしても、水も食料もないのだから、行き着く先はどのみち一つ所なのだ。

「ああ、俺なのか……」

蒼空はぼんやり思いいたった。卒塔婆は五本あった。四本目までは説明を受けた。残る一本は？

「俺の卒塔婆なんだ。俺の墓……」

蒼空は膝の間に顔をうずめた。そのつぶやきに呼応するように声がした。

「仏説摩訶般若波羅蜜多心経」

蒼空はハッと顔をあげた。

「観自在菩薩行深般若波羅蜜多時照見五蘊皆空度一切苦厄」

「戻ってきたのか？」

蒼空は立ちあがり、天井を仰ぎ見た。

「舎利子色不異空空不異色色即是空空即是色受想行識亦復如是」

返事はない。読誦は続く。

「舎利子是諸法空相不生不滅不垢不浄不増不減」

「黙れ！」

蒼空は両耳を塞いだ。

「是故空中無色無受想行識無眼耳鼻舌身意無色声香味触法」

それでも追いかけてくる。

「無眼界乃至無意識界無無明亦無無明尽乃至無老死亦無老死尽無苦集滅道」

「黙れ黙れ黙れ！」

声を張りあげ、激しく頭を振る。

読誦が消えた。

目の前に経文が降りそそいだ。

〈無智亦無得以無所得故菩提薩埵依般若波羅蜜多故〉

闇の彼方から漢字が次から次へと現われ、そう、それは流星群のようで、しかし流れ星のように消えてしまうことなく、パノラマとして広がり、視野全体にとどまった。

〈心無罣礙無罣礙故無有恐怖遠離一切顛倒夢想究竟涅槃三世諸仏依般若波羅蜜多故得阿耨多羅三藐三菩提故知般若波羅蜜多是大神呪是大明呪是無上呪是無等等呪能除一切苦真実不虚故説般若波羅蜜多呪即説呪曰羯諦羯諦波羅羯諦波羅僧羯諦菩提薩婆訶般若心経〉

一文字一文字が、赤に青に、イルミネーションのようにまたたきながら空中を漂う。いったいどういう仕掛けなのだ。壁に仕込まれたプロジェクターから投映されているのか。

いや、これは幻だ。盛られた薬の作用で幻聴や幻覚が現われているのだ。今ある状況そのものがドラッグによる悪い夢に違いない。栢原祐作を殺した時のように。

こんなにぴんぴんしているのに、死ぬわけがない。十七歳で死ぬわけがない。そんなひどい現実があってたまるか。

蒼空は木片が散乱する土の上に身を投げ出し、むずかる赤ん坊のように手足をばたつかせた。激しい動きをトリガーとして、夢から覚めようとはかった。

疲れて動けなくなるまで暴れ続け、気づいたら、浮遊していた経文が消えていた。ほら幻覚だったじゃないかと蒼空は安堵したが、しかし呼吸がととのってくると、もう一つのことに気づく。依然として、あたりは真っ暗で、湿っぽいのだ。

蒼空はもう一度、激しく体を揺すった。何度頰を張り、頭を叩いてみても、暗い穴の底に横たわったままだった。今ある状況は夢ではなかったのか？

「俺、死ぬの？」

口をついて出たつぶやきは、暗闇に吸い込まれ、消えた。

不意に、鼻の奥に、つんとした痛みが走った。

たった十七年しか生きていないのに、もう死ぬのか。楽しいことも、嬉しいことも、心がふるえることも、甘ずっぱいことも、何一ついい思いをしないまま、死んでしまうのか。

頬を涙で濡らしながら蒼空は、母だった人を恨んだ。

こんなひどい目に遭うのなら、生まれてこなければよかった。誰だよ、産んだのは。頼んだわけでもないのに。産むなら、無尽の愛情を注ぎ、昼に幸福を、夜に安らぎを、絶え間なく与えろよ。それができないのなら、子供なんか作るな。

蒼空の心はめまぐるしく動いた。憎しみが膨れあがってくると、生への執着がよみがえる。このまま死ぬことが理不尽でならなくなる。死ぬべきは自分ではなく、あの女だ！

「おらっ！　逃げるな！　話をつけるぞ！　出てこんかい！　間宵己代子！」

声を裏返し、嗄らし、血痰を飛ばしながら叫んでも、狭い穴蔵にむなしく反響するだけだった。

敵すらいない孤独であることを思い知らされると、不安に襲われる。その不安から逃れるには、全身にのしかかっている事実に背を向けるしかない。

やっぱり、これは夢だ。こんなひどい人生があるわけがない。全部夢なのだ。この、死を待つだけの状況も、施設での生活も、学校でのいじめも、親に捨てられたことも、そして生まれてきたことも。

そう、自分はまだこの世に生まれてきていないのだ。母である人の胎内で夢を見ている。生きることの苦しさ、つらさを、臍帯を通じて見せられている。胎教だ。ああ、だから、ここは狭く、暗く、湿っぽいのか。

蒼空は穴の底で横になり、背中を丸め、手足を縮め、恋しい人に呼びかけた。

「かあさん……」

すると、応じる声があった。

「蒼空……」

蒼空は緩慢に声の方に顔を向けた。暗くて判然としないが、高みに動くものがあった。

「蒼空君、聞こえてる？」

天から一筋の光が射した。その白い帯の中には、微小な粒子がキラキラ散乱しながら漂っている。万華鏡を覗いたような神秘的な光景だ。いったいここはどこの異世界だ。

「蒼空君、いらっしゃい」

光の帯に透けて、手招きするシルエットが見えた。

誰？　詩穂？　死んだ母が呼んでいる？　自分は天に召されようとしているのか？　それとも産道から出ようとしているのか？

「さあ、こっちに。もう心配ないから」

蒼空は、ゆっくりゆっくり上体を起こし、その何倍もの時間をかけて立ちあがり、光に導かれて天上を目指した。

天上まで昇りつめると、ローブのようなものを着た女が待っていた。

「あ？　い？　え？」

混乱し、蒼空は、言葉にならぬ音声を発した。

長い髪の女だった。しかし天女ではなかった。簾のように垂れた白い前髪の間に、こめかみの引き攣れが見える。

「間宵紗江子？」

この、日本画の幽霊のような面立ちは、彼女にほかならなかった。背景には、炬燵を中心とした、散らかった座敷が広がっている。

振り返ると、床の一部に開いた四角い穴が見えた。蒼空は四つん這いで、押入れから半分体を出していた。何のことはない、今までいたところは、天国の門でも子宮でもなく、間宵家の穴蔵だった。蓋が開けられたので、梯子をのぼって出られたのだ。

「閉じ込めたんじゃなかったのかよ」

絶望から泣きわめいたことはなかったことにして、蒼空は強がって立ちあがった。

「怖い思いをさせて、ごめんね」

紗江子は懐中電灯のスイッチを切った。

「べつに怖くないし。あいつは？」

座敷に已代子の姿はない。

「だいじょうぶ。はい、これ」

紗江子はスマホと財布を差し出してくる。

「だいじょうぶって？」

「あの人は動けません」

「どういうことだ？」

紗江子は何も答えず蒼空に背を向け、畳が見えている箇所を跳び渡るようにして座敷を出た。蒼空は雑誌やぬいぐるみを踏みつけて彼女を追った。

紗江子は居間に入った。奥に歩いていき、ソファーの前で止まった。四人がけのソファーの上にはタオルケットが広げられている。

蒼空が近くまで寄っていくと、紗江子はタオルケットの端を摑み、反対の端まで一気にめくった。蒼空は目を剝いた。

タオルケットの下には己代子が横たわっていた。口にはタオルがかませられ、上からダクトテープで固定されていた。両眼も同様に、タオルとテープで塞がれていた。両手首、両足首も、テープでぐるぐる巻きにされていた。

蒼空は紗江子に向かって口を開きかけたが、思いが言葉になる前に、彼女はタオルケットで己代子の全身を隠し、ソファーの前を離れ、そのまま居間を出ていった。蒼空はあわててあとを追った。

紗江子は玄関にいた。靴箱の脇に置いてあるポリ容器の上に、ちょこんと腰かけていた。

「殺したのか？」

先ほど口にしかけたことを蒼空は尋ねた。

「まだ死んでいません」

「『まだ』って……」

「口が達者な人だから、取り込まれないよう、とりあえず喋れなくしました。目力でも人を操るので、瞼も塞ぎました。そうだ、一つ謝らないと。デイパックの中にあった粘着テープを勝手に拝借しました。切るのに、ナイフも。高そうなナイフなのに、あんなことに使ってよかったのかしら。刃がねちゃねちゃしちゃうし。ごめんね。そうそう、デイパック、返してなかったね。居間にあるので、あとで」

紗江子の表情は沈んでいる。それでいて、声の調子だけが妙に明るかった。

「それより、『まだ』って、どういう意味だ?」

蒼空は重ねて尋ねる。紗江子はすぐに答えなかった。言葉を探すように、目を伏せ、頬に手を当てる。

「母はわたしをあの男から救い出してくれました。性被害の事実が明るみに出ないようにし、わたしの将来を守ってもくれました」

紗江子はそこまで言って、また沈黙した。長くなりそうだったので、蒼空は廊下に胡坐をかいて待った。

「その一方で、わたしはあの人を憎んでもいました。狂った女の娘と陰口を叩かれ、身の置きどころのない毎日でした。後年は演技ではなく異常行動を取るようになり、生活支援が必要になりました。子供のわたしには、どれだけ負担だったことか。

けれど、どれだけわずらわされても、母への感謝が消えることはありませんでした。

わたしは母を崇めながら憎悪するという、正反対の感情を常に抱えて生きてきました」

小学生、中学生のころは、大人の庇護なしには生きていけないので、現状を受け容れるしかないのだと己に言い聞かせることで感情をコントロールしていた。

成人が近くなると、この家から出ていくことで母親から逃れようと考えるようになった。そのためにはまとまった金、あるいは定期的な収入の見込みが必要だが、学校と母親の世話があるので、働くことに多くの時間は費やせない。そこで、手っ取り早く稼ぐために、人に言えないようなこともしたという。紗江子はなかば自暴自棄になっていた。

しかし彼女は家を出ていかなかった。十分な資金ができる前に子供ができてしまったからだ。事情があって相手の男に頼ることができず、実家にとどまるしかなかった。子供が病弱だったことも紗江子の自立を阻んだ。

和香菜と名づけられたその子は先天性の眼病を抱えていた。生命にもかかわるので早期の治療が求められたが、角膜移植のドナーは簡単には見つからない。娘の病状は日一日と悪くなる。紗江子は祈る。あせる。いらだつ。泣く。自失する。そして悪魔的な閃きが降りてくる。

「母が死ねば、その角膜を和香菜に移植することができる。それは、純粋に娘を思ってのことなのですが、あの時のわたしには、もう一つ思うところがありました。母がいなくなれば、わたしは呪縛から解放される。母が死ぬことで、和香菜とわたし、二人が救われるのです。その思いに操られ、わたしは背中を押してしまいました」

紗江子は蒼空の背後の階段を指さした。

「二階から突き落としたのか？」

「はい。警察に調べられましたが、過って足を滑らせた事故ということで処理されました」

「死んだ？」

「はい。それで和香菜は救われました。けれど——」

「待て待て待て。じゃあ、あいつは？」

蒼空は居間の方に顔を向ける。

「かつては和香菜でしたが、今は母です」

「だから、それって、どういうことよ。さっきもそんなことを言ってたが」

蒼空は胡坐をかいた膝を貧乏揺すりする。

「見た目こそ十四歳の中学生ですが、中身は昭和十八年生まれの間宵己代子なのです」

「祖母の血を濃く引いていて、成長するにつれて、どんどん似てきたということか？」

「似てるなんてもんじゃありません。話の内容、言い回し、態度、どれを取っても母そのものなのです。コピーです。クローンです」

「いや、それが、よく似てるということだろ」

「たんに似ているのとは違います。無垢であったがため、心を強く染められてしまったのです」

「ますます意味がわからない」

「元をたどればわたしが悪いのです」

紗江子は溜め息をつき、ためらうような沈黙を経て、ぽつりぽつり話しはじめた。

「和香菜がものごころつく前から、ことあるごとに、あなたのお目々が見えるようになったのはおばあちゃんのおかげなのよと語りかけていました。角膜をくれたおばあちゃんに感謝しろというつもりで言ったのではありません。母親がおさな子に話しかけるのは、独り言に似たところがあり、他意なく口にしたにすぎません。いいえ、それはごまかしですね。本当のところは、わたし自身のためでした。母は娘を救ってくれたと繰り返すことで、背中を押したことを正当化しようとしたのです。とにかく、おばあちゃんのおかげおかげと言い続けたことで、間宵己代子という人は、和香菜の中に特別な存在として刷り込まれました」

「おばあちゃんは命の恩人、人の命を救った聖人、自分もおばあちゃんのようになりたいと思う。その思いがつのったはてに、己代子としてふるまうようになった？　スターにあこがれるあまり、スターの仕種や衣装をまねるように」

「おばあちゃんのおかげおかげと毎日聞かされれば、自然と間宵己代子という人への関心が湧くことでしょう。けれどわたしは、母の人となりや半生については、和香菜にはほとんど話して聞かせませんでした。会社を作った偉い人だとは話しましたが、そのために女の武器を使ったとか、そうして生まれたのがわたしだとか、若い男の頬を札束ではたいて婿に迎えたとか、幼い子には聞かせられませんよ」

「まあそうだわな」

「ましてや母が犯した罪について教えるわけがありません。だから、いくら和香菜がおばあちゃんへのあこがれを抱いたとしても、生き写しのようにふるまうことなんてできるはずがなかったのです。情報源がありませんから。ところが母はこういうものを遺していまして——」

紗江子は靴箱の上にあった大学ノートを蒼空に差し出した。

「生い立ち、趣味嗜好、恋愛遍歴、野心、起業、わたしの実の父親、夢之丞との出会いと結婚——自分の半生を記したものです。全部で五十三冊ありました。このようなものを書いていた理由はわかりません。継父と西崎早苗さんを殺したこと、その隠蔽についてもふれているので、人に見せるために書いたのでないことだけはたしかです。神父さんに告解しているつもりだったのでしょうか。狂ったふりなのか本当におかしくなってしまったのかわからなくなってしまった時期に書きはじめたものなので、意味を見出そうとしても無駄なのかもしれません。ノートの一巻目から時系列を追って記しているわけではなく、昭和四十年の出来事の次に平成十年を書いたと思ったら昭和三十二年に遡ったり、同じことを何度も書いたりしています」

時系列だけでなく、罫線も無視して記してあった。あるページの文字は拳のように大きく、隣のページは虫眼鏡が必要といった塩梅で、書き取りの手本にしたいような楷書と金釘流が混在しており、情緒の不安定さを物語っていた。

「和香菜はこれを見つけ、間宵己代子についての知識を得たのです。わたしは和香菜を家に置いて働きに出ていたので、五十三冊すべてに目を通し、なおかつ自分の心に刻み込む時間は十分にありました」

「おいおい」

「はい、幼い子を一人きりにするのは虐待です。それは承知していましたが、聞き分けがよくおとなしかったのと、経済的な問題から、保育所には預けなかったのです」

「いや、そういう非難をしてるんじゃなくて」

「この時、和香菜はカセットテープも見つけました」

「カセットテープ?」

「磁気テープによる記録媒体です。現在のUSBメモリーやSDカードに相当するもので、セロハンのような薄いフィルムに磁性体を——」

「知ってる。そのカセットテープがどうした?」

「母の声が録音されていました。内容は、嘘です」

「は?」

「母は、夫に駆け落ちされたことが原因で奇矯な行動を取るようになってしまった女になりました。それが演技だとは絶対にばれてはなりません。嘘の発覚イコール罪の発覚だからです。母はだから、嘘をつく練習をしていました。警察署での受け答え、電話での催促、ご近所さんに尋ねて回る時の台詞、詩穂ちゃんのおとうさんへの罵詈雑言(ばりぞうごん)——いちいちテープに吹き込み、綻びがないかチェックし、嘘に磨きをかけていました。和香菜はその録音を聴き、母の喋り方を身につけたのです」

「それ、和香菜がいくつの時の話よ」

蒼空はようやく話の主導権を奪った。

「喋り方をまねるのは、結構小さくてもできると思う。幼稚園とかの子でも、テレビを見てタレントやアニメのキャラのまねをするもんな。ピアノやバレエのレッスンも一種のものまねだ。けど、これを読むのは無理だろ」

と大学ノートを叩く。

「学校にあがる前の子が漢字を読めるのか？　読めたとしても、内容を理解できるか？　喋り方をまねるのは、耳から入ってくる言葉の意味がちんぷんかんぷんでも、音だけまねればいいから、幼い子でもできる。けど、文章を読んで自分のものにするのは、もっと高度な能力が必要だ」

「ピカソやダリが幼少期に描いた絵を見たことあります？　モーツァルトは五歳で作曲したそうです」

「モーツァルト！」

「歴史上の偉人だけではありません。まだ舌っ足らずなのに、円周率を何千桁も暗唱したり、何か国語も操るギフテッドが市井に埋もれています。ときどきテレビでやってるでしょう？」

「テレビ！」

「テレビは作り話を流しているのですか？」

紗江子は珍しく興奮気味につっかかってきた。

「しかしおまえ、自分の娘を天才扱いするか、フツー」

気圧されたのをごまかすように蒼空は笑う。

「ポール・エルデシュという数学者は、四歳にして、生誕してから現在までの経過秒数を暗算できたそうですが、彼は家に一人残されることが多く、数学の教科書が友達でした。和香菜もわたしが不在の間、この家にあったさまざまな印刷物を友とし、それを通じて文字を憶え、読解の能力を身につけました。

和香菜の場合、大きな病を抱えて生まれてきたことも大きかったかもしれません。体に障害を持っていると、それを補完するように、別の方面の能力が高くなることがあると聞きます。あの子は視力を失う可能性があったので、そうなる前に文字を憶えさせよう、読解力を身につけさせようという、遺伝子レベルの力が働いたと考えるのは妄想でしょうか。とにかく和香菜は、普通の子だとひらがなを読むのがやっとという年齢にして、大人レベルの識字、読解能力を身につけ、そして母のノートを見つけたのです。

命の恩人ということで、もともとおばあちゃんに強い感謝の念を抱いていたところに、このノートです。自分ばかりか、自分の母親をも救っていると知ります。会社の経営をなげうってでも、周囲から狂人扱いされても、娘を守るために全身全霊を傾け、そして死んでいった。和香菜はそこに、尊敬、同情、共感といったものをおぼえ、その気持ちが凝り固まった結果、母と同化してしまったのです。幼かったがゆえ、心がまっさらで、それだけ強く染まってしまい、色を落とせなくなってしまった」

「んなバカな話……」

「あなたも、その目で見て、その耳で聞いたじゃないですか。あれが十四歳のふるまいですか？　間宵己代子本人しか知らないことを、間宵己代子と同じ口調で喋っている。なぜなんです？　ときどきものまねしてるわけじゃないですよ。毎日あんな調子なんですから。毎日、一日中、八年間。『紗江子、おまえは私を殺した。私はおまえのことを全力で守ったのに、おまえは私を邪魔者にした。一生をかけて償ってもらうからな』などと責めたりもするんです。ただのものまねで、そこまでやります？　母が遺したものに感化されたというのがバカな話なら、正しい理由を教えてください」

紗江子の目は血走り、涙で膨れていた。

「成仏できずに漂っていた地縛霊に取り憑かれたんじゃねえの」

蒼空は笑ったつもりだったのだが、頬が引きつって動いていないことが自分でもわかった。

「たしかに母の魂に憑依されたようではありました。六歳だったある日、岩室さんの前で突然喋り方が変わり、ええ、あれはイタコの口寄せのようでした。あの時の驚きといったら……。わたしは恐れおののき、ごめんなさい赦してくださいと、ひたすら頭をさげ続けたものです。階段から突き落とした娘に復讐するために、あの世から戻ってきたように思えたのです。それほど母にそっくりだったんですよ」

紗江子は両手で白頭を抱え込み、首を左右に振る。ねじ切れてしまうのではと心配になるほど振り続ける。

「おい、さっき何て言った？　和香菜が『おまえは私を殺した』と責める？」

蒼空はふと気づいた。

「はい。あの日を境に、母と娘の立場が逆転しました。和香菜の容姿がどれだけ幼くても、わたしにはもう母にしか見えなくなりました。財布からお金をくすねられても叱ることができず、肩をもみましょうか荷物を持ちましょうかと顔色を窺ってしまうのです。彼女はランドセルを背負って小学校に通い、教室では年相応の言葉をつかい、今は部活でチアダンスをやっているごく普通の中学生で、けれどこの家では『ああ、頭が痛い。階段から落ちた時の傷がうずく』と間宵己代子に変貌するのです。意識的にそんな演じ分けを何年も続けられるわけがありません。和香菜の心の中に母が浸透して二人が一体化していることで、演技するぞと構えることなく、人格が自然と切り替わるのです。これも一種の解離性同一性障害でしょうか」

「己代子を殺したかどで和香菜があんたを責めるって、それ、おかしいじゃないか。和香菜のネタ元は己代子のノートなんだろ？　そこには当然、本人が生きている間のことしか書かれていない。言い換えれば、己代子自身の死について記してあるはずはない。なのにどうして和香菜はそれを知っている？　己代子は階段から落ちたあと、最後の力をふりしぼってノートまで這っていき、〈紗江子に階段から突き落とされた〉とペンを走らせたのか？」

「母の死の真相については、わたしから和香菜に伝えてしまったのです」

「『おかあさんがおばあちゃんを殺したのよ』って？」

「直接話して聞かせたのではなく、結果的に」

紗江子は伏し目がちにかぶりを振って、

「母の死後も、わたしは地下の祭壇へお供えを続けていました。その際、母の卒塔婆も立て、突き落としたことを詫び、ドナーになってくれたことに感謝しました。後ろ暗いところがあったため、部屋に仏壇を据え、遺影を飾るのが怖くてたまらず、地下でこそ供養していたのです。和香菜はわたしの独り言を耳にし、生贄（いけにえ）にされたようなおばあちゃんの最期に、ますますシンパシーを感じるようになったのでしょう」

「五本目の卒塔婆は己代子のものだったのか……」

早とちりしたことが恥ずかしく、蒼空は耳が熱くなった。

「母のことを突き落としたのは事実です。だから、何と責められようと黙って耐えてきました。つくしてきました。いえ、正しくはそうじゃない。和香菜の人格が乗っ取られてしまった驚きと恐怖で、何をどうしていいのか考えられないまま、新しい人格の言いなりになっていました。でも、今日、蒼空君の話を聞き、目が覚めました」

「俺？　何か？」

「わたしは継父に人生を狂わされ、母の呪縛に苦しめられてきました。けれど、人生が狂い、苦しんでいたのは、わたしだけではなかった。

詩穂ちゃんがそんなことになっていたとは知らなかったし、想像もしていませんでした。苦しみが彼女の子供にまでおよんでいたことも。わたしは自分を守ることしか頭になく、周りが全然見えていませんでした。自分を守ることでほかの人の人生を狂わせてしまったのだという自覚なんて、まるでなかった。

詩穂ちゃんやあなたを不幸にしたのは、母であり、わたしです。今日あなたに聞かされて、わたしたち親子がどれだけひどい人間だったか、やっとわかりました。ごめんなさい。本当にごめんなさい」

紗江子が頭をさげる。蒼空は感情を爆発させる。

「おせーよ！」

「どれだけ謝ったところで、赦してはもらえませんよね」

「ぁたりまえだ」

「お金で解決できる問題でもありません。蒼空君は、お金は万能だと言ったけど、はたしてそうでしょうか。たとえ億のお金を自由に使え、毎日おもしろおかしく過ごしていたとしても、ふとやるせなく感じる瞬間があるはずです。おばあちゃんが殺されたことへの怒り、おかあさんがいないことの悲しみ、幼かった自分が負った痛み——つらい過去は消えない傷として心に残ります。そしてわたしは、その傷がなかった時代まで蒼空君を戻してあげることはできません。どんなにお金を使っても、時間を巻き戻すことは不可能なのです。つまり、わたしは蒼空君に対して何もしてあげられない、罪を償うことはできないのです」

「開き直りやがった」

「わたしにできることは、終わらせることだけなのです」

「ぁん？」

発言の意味がわからず、蒼空が眉を寄せていると、紗江子は腰をあげ、それまで椅子にしていた赤いポリ容器のキャップを回して開けた。キャップはその場に捨て、取っ手を両手で握って容器を傾ける。口から透明な液体が流れ落ちる。

「おい……」

蒼空は息を呑んだ。この、苦く、重ったるい臭いは、灯油ではないか。

紗江子は後ろ向きの中腰で、傾いた状態の十八リットルタンクを引きずっていく。容器の口から灯油がこぼれ、川のような筋となって廊下を流れる。

「何をする」

想像は十分ついているのに、蒼空は訊かずにはおれなかった。紗江子は何も答えず、廊下にあるドアの一つを体で押して開けた。居間の床にも灯油をこぼしながら、タンクを奥に引きずっていく。

紗江子はソファーの横で足を止めた。容器を持ちあげ、抱きかかえるようにして傾けた。

ソファーの上にはタオルケットが広げられている。こんもり盛りあがっている。その上にドボドボと灯油が流れ落ちる。タオルケットの下が悶えるように動く。

「正気か?」

蒼空は遠目から声をかけた。紗江子は何も答えず、タンクを胸の位置からさらに高く持ちあげた。正気ではなかった。

中身が減って軽くなったタンクは、女の手でも頭上まで持ちあげることができた。紗江子は両腕が伸びきるまで持ちあげると、手を少しずつずらして傾けていった。口から灯油が流れ出す。最初は紗江子の左右の床を濡らしたが、容器がさらに傾くと、水勢が強まり、灯油は彼女の頭を直撃した。彼女はそれを、滝行でもするように、身じろぎもせず受け止める。

水勢が弱まり、細くなり、滴になる。紗江子はポリタンクを横に投げ捨てた。

「蒼空君、まだいるのですか? 出ていかないと、巻き添えを食いますよ」

白い前髪が海藻のように張りつき、顔を覆い隠している。灯油が浸みないよう、目もつぶっているのだろう。

「狂ってやがる……」

蒼空は呆然とつぶやいた。

「今にはじまったことではありません。かれこれ三十年近く狂っているのです」

紗江子の右手にはガスライターが握られている。

「俺のじゃねえかよ」

焼き破りに使ったものだ。

「そうでした。これも借りますね」

「使ったあとに返せるのかよ」

「じゃあ、冥土の土産にいただきます」

紗江子はライターの着火ボタンに指を置く。

濡れそぼったタオルケットが力なく蠢いている。

「おまえはともかく、娘を巻き添えにすることはないだろ」

「そこにいるのは娘ではありません。母こそ、終わらせなければならない存在です」

「いやいや、こいつは和香菜だって。己代子に強く感化されてるだけじゃねえか。洗脳が解ければ和香菜に戻る。おまえもさっき、一種の多重人格ではないかと言ってた。多重人格は心の病だ。病人を殺してどうする。しかも未成年だ。病院に連れてけよ。わが子の病気を治してやるのが親のつとめだろうが」

「お医者さんにはとっくに見せています。けれどお医者さんの前では、学校でそうであるように、子供のキャラクターなのです。どれだけ検査しても、解離性同一性障害とは認められませんでした。逆にわたしのほうが、虚言癖や虐待が疑われ、カウンセリングを受けさせせられるはめになりました」

「マジかよ」

「狡猾なのです。なにしろ己代子なのですから」

「だからぁ、己代子というのはあとから乗ったキャラクターで――」

「母のノートを手にしなければ、この子が取り込まれることは決してなかったのです。そして、母のノートを手にしようという気にこの子がなったのは、わたしが、母のおかげおかげと繰り返したことにあります。つまり、この子がおかしくなってしまった責任は、親であるわたしにあり、彼女のことをきちんと終わらせることこそ、親としてのつとめなのですよ」

「早まるな」

説得のすべを失い、苦しまぎれにありきたりな言葉を投げたあと、なぜ止めるのだと蒼空は思った。こいつらの命を取りにきて、今まさに死のうとしているのに。

自殺によって幕を引かれたら、それは復讐の達成とはならない。心は晴れず、虚無感だけが残る。詩穂を殺しそこねた時のように。この手で殺さないと意味がないのだ。

だが、この手で殺したら、本当に心が晴れるのだろうか?

頭をかち割り、メッタ刺しにし、首を鋸で挽いたところで、紗江子が言ったように、過去にあったであろう幸福を取り戻すことは不可能なのである。

「早くしなければならないのはあなたのほう。一緒に死にたいの？　火事になったら警察が来るわよ。事情聴取を受けるのも嫌でしょう？　さあ、出ていって。さあ！」

紗江子は顔の前でライターを振りたてる。それに合わせて長い髪も揺れ、灯油の滴が蒼空のもとまで飛んできた。

復讐したところで、何も変わらない。だったら、勝手に死のうが殺そうが同じことだ。それより、ここで事件に巻き込まれてめんどうなことになれば、この先の人生に影を落とす。手に入らない過去にとらわれるのではなく、未来のしあわせを手放さないようにすべきなのではないか。

「勝手に死ね。けど、死んでもチャラにはしてやらないからな。おまえら母子は絶対に赦さねえ」

蒼空はそう啖呵を切りながら、紗江子と十分に距離を取り、床に散った灯油にも注意して、彼女の背後を回って掃き出し窓から外に出た。そこに靴を脱いでいたことをしっかり憶えていた。

だが、冷静な判断ができているというのは、思い込みにすぎなかった。

外は真っ暗だった。スマホの時計を見ると午前二時半、たしかに長い時間眠らされていたようだった。

門扉を開けたところで、蒼空は気づいた。

デイパックがない。

アメリカ海兵隊仕様のナイフは惜しくない。ライターも着替えも食料もバッグ本体も、また盗めばいい。スマホと財布さえあれば、あとはどうでもいい。

そう思って通りに出た蒼空だったが、三歩目でスローダウンし、七歩行ったところで足を止めた。

一つ、代替品がないものがあった。札束を積んでも手に入れられないものが。

蒼空は舌打ちをくれ、プリクラ帳を取り戻すために踵を返した。

間宵の家は闇の中にひっそりと沈んでいた。火の手も煙もあがっておらず、きな臭さもない。ガソリンだったら、引火すると爆発的な火災に発展するが、灯油なので火の回りが遅いのだろう。あるいは、紗江子は火をつけるのをためらっているのかもしれない。

蒼空は建物の横手に回った。まずは火勢を確かめようと、スマホのライトで足下を照らし、テラス伝いに居間の方に近づいていった。

突然、行く手の窓が開いた。蒼空はすっとんきょうな声をあげた。

「おいおいおい」

家の中から火の鳥が飛び出してきたのだ。全身を紅蓮の炎に包んだ火の鳥は、テラスに降り立つと、ゆらゆらと上体を揺すった。

「おいおいおい。水水水」

火の鳥は蒼空の方に体を向け、獲物を狙うように首を突き出した。

「見んな。こっち見んな」

火の鳥は、一歩、二歩と蒼空の方に寄ってくる。炎に彩られた口が、舌なめずりするように動いている。

「来んな！　こっち来んな！」

自分の声が位置を教えていると気づかず、蒼空は声を張りあげた。

火の鳥は左右に大きく翼を広げ、火の粉を散らしながら、蒼空に突進してきた。

足がすくんで棒立ちになっていた蒼空は、よける間もなく火の鳥の餌食となった。真っ正面からぶつかられ、腰が砕け、スマホを取り落として尻餅をついた。

そこまで迫られ、蒼空は火の鳥の正体を知った。和香菜だった。翼と見えたものはタオルケットだった。目元と口元を塞いでいるテープも燃えていて、とても人の姿ではなかった。

熱で融けたテープの間からシュウシュウと漏れる息に重なり、何やらつぶやきのようなものが聞こえた。

「生きることこそわが宿業」

火だるまの和香菜は腰を折った。飛びつかれると察した蒼空はヒップウォークで後退した。

和香菜はカエルのように地面を蹴った。蒼空の読みは的中した。しかし不自由な体勢だったため、よけきれず、両足首を取られた。

「熱っ！」

蒼空は反射的にのけぞり、そのまま仰向けに倒れた。

「熱い熱い熱い！」

蒼空は激しく身悶えする。しかしこの体勢では脚に力が十分伝わらない。和香菜は蒼空の体をサラマンダーのように這いのぼってくる。

「生きることこそわが宿業」

臑、膝、腿と迫ってくる。蒼空のズボンがブスブス煙をあげる。

「生きることこそわが宿業」

腰に組みつかれたところで、蒼空の手が和香菜に届いた。躊躇している場合ではなかった。

蒼空は鬨の声のようなものをあげた。熱さと痛みを抑えるためだ。そして、炎をあげている和香菜の腕を両手で掴むと、死にものぐるいで薙ぎ払った。

十分な手応えがあり、炎の塊が吹っ飛んでいった。

しかし和香菜を振りほどくことはできなかった。彼女が蒼空の手を放さなかったのだ。

「放せ！」

蒼空は左腕を振った。手先の重さはなくならない。和香菜が両手で手首にしがみついている。

「生きることこそわが宿業」

蒼空は右手のサポートを加え、左腕を振った。振り続けた。その動きに合わせ、和香菜は地面を左右に転がったが、決して蒼空の手を放さなかった。いつの間にか左手を蒼空の掌に合わせ、指の間に指をからめてがっちりロックしていた。

「放せって！」

左手が焼けるようだった。火は袖口にも移り、じわじわと腕をのぼってくる。

蒼空は上体を起こし、次にしゃがみ、腰を伸ばした。両脚を踏ん張り、取られた左腕を右手でサポートし、大根を抜くように引っ張った。

肩に激痛が走り、蒼空はその場に崩れた。脱臼したようだった。

蒼空は叫んだ。助けを求めてのものなのか、苦しみの発露なのか、言葉にはなっておらず、動物の咆哮だった。

焼ける、焼ける、手が焼ける。鉄板に掌を押しつけたような熱さは、縦横に裂けるような痛みに変わり、その激痛は心臓を鷲摑みにし、胃が喉までせりあがり、息ができなくなる。

袖を導火線とした炎が肘を越えた。その先にある肩は動かない。カーゴパンツも燃えている。

「生きることこそわが宿業生きることこそわが宿業生きることこそわが宿業――」

和香菜のつぶやきは呪文のように繰り返され、蒼空は眠りに落ちるように意識を失った。

四日未明、長郷市新町のパート従業員、間宵紗江子さん（三六）宅で火災があり、木造二階建ての住宅一棟が全焼した。焼け跡の一階から男女三人が意識不明の状態で見つかり、病院に搬送されたが、女性二人の死亡が確認された。間宵さんは中学生の長女（一四）と二人で暮らしており、火事のあと二人と連絡が取れなくなっていることから、警察は、遺体はこの二人とみて身元の特定を急ぐとともに、火災の原因を調べている。男性はその後意識を回復しており、警察は、この男性の回復を待ち、事情を訊くことにしている。

「俺、どのくらい眠ってたの？」

ベッドの上から蒼空は尋ねた。

「一日半よ」

医療カートの前で看護師が答える。里見（さとみ）という三十代なかばと見える女性で、パンツタイプの白衣を着ている。

「俺、もうだいじょうぶなの？」

「これだけの熱傷が五日やそこらで治るわけないでしょう」

「いや、生命の危機的なやつ」

「急性期のリスクはなくなったけど、予断を許さないことには変わりないわよ。だからここにいるんじゃない」

集中治療室に準ずる高度治療室である。蒼空の体のあちこちに電極がつけられ、ベッドサイドの機器でモニタリングされている。スタンドには何種類もの点滴バッグがぶらさがっている。

「俺のスマホは？」

「警察の人から預かってる。ガラスには罅（ひび）が入ってるけど、中は壊れていないみたい。よかったね」

「持ってきて」

「一般病棟に移ったらね」

「この部屋にはテレビはないの？」

「ないわよ」

「借りられないの？」

「だーめ」

「新聞は？」

「HCUでは、そういうのは全部なし。今は安静にしてなきゃ。絶対安静」

里見は蒼空の右上腕に駆血帯を巻く。右腕はほぼ無傷だった。

「じゃあ看護師さんが教えてよ」

「何を？」

「火事のこと。何かニュースない？」

「亡くなったのは、あの家に住む母子だとわかったそうよ」

「ほかには？」

「ないわ。はい、手を握って」

里見は蒼空の肘の裏に指を当てて静脈を探す。蒼空は口を閉ざし、注射針を待った。

もし焼け跡の地下から、母子の焼死体とは別の死体が二つ発見されたら、大きく報道されるだろう。看護師の耳に届いていないということは、まだ発見されていないと判断できる。

押入れの穴は発見されたかもしれない。蓋となっていた床板が燃えてしまえば、自然と目に入る。しかし、たとえ穴の存在が発覚しても、中は空っぽなのだ。用途に疑問を抱くかもしれないが、この段階で、穴におりて壁を崩そうとはしないのではないか。死体が発見されるとしたら、焼けた住宅を解体し、次の住宅のための基礎工事をする際だろう。相当先だ。

「君、亡くなった女の子とお友達？」

採血が終わって、里見が言った。

「違います」

「じゃあどうしてあの家に?」

「里見さん、そのナース姿は変装で、実は婦警さんなの?」

「そういうつもりで訊いたんじゃないけど……」

里見はばつが悪そうにベッドサイドモニターに目をやったのち、カートを押してカーテンの間から出ていった。

昨日、この病室に警察官がやってきた。蒼空は姓名を問われ、素直に本名を答えてから、偽名を使うか記憶喪失を装うべきだったと、機転が利かなかった己を罵ったが、そのあと警察官に、財布の中で焼け残っていたカード類を見せられ、中には栢原蒼空の名前が読み取れるものもあったので、安易に嘘をつかなくてよかったと思い直した。

本人確認のあと、いくつか質問をしたいと言われたのだが、手が痛い脚が痛いと大げさに声をあげることで、看護師がストップをかけてくれた。一時しのぎだ。しかし長く意識を失っていたし、目覚めてからも痛みや高熱で、事情聴取の対策を練るどころではなかった。

近々また警察官はやってくる。訊かれるのは、間宵母子との関係、出火の原因だろう。それにどう答える?

間宵家にいたことについては、紗江子と幼なじみである母の死を伝えに訪問したということでいいか。まったくの嘘ではない。

出火のいきさつの説明は厄介だ。家の中に燃焼促進剤が撒かれ、体にもかけられていたことは、消防がすでに突き止めているだろう。そういう壮絶な自殺はたまにある。しかし、訪問客の前で灯油をかぶり、客も巻き添えにするというのは、どういうことだ。訪問客との間にトラブルがあったととられかねない。では、こう説明するか。間宵家を訪ねたら火が出ていた。家人を助け出そうとして自分も巻き込まれた。無理のない話だ。昼間の火事なら。未明の訪問には説明がつけられない。

いや、そんな嘘をつく必要はなくないか？

駆け落ちしたと思われていた自分の祖母が実は殺されたのではないかと考えられるふしがあったため、事実を確かめるために訪問した。間宵紗江子は母己代子による犯行を認め、自分も隠蔽に荷担したと告白し、罪を悔いて娘と無理心中した。

ほぼ事実である。殺すつもりでナイフを用意していたとか、窓ガラスを破って侵入したとか、不利なことだけ口にしなければいい。

だめだめ！　過去を持ち出したら、栢原蒼空が母と祖母の恨みを晴らすために放火殺人したと疑われる。

ずいぶん考えたものの及第点を与えられるだけの解答は得られず、無理して頭を使ったからなのか、蒼空は体のあちこちがズキズキ痛み出した。

ちょうど、輸液と尿道バッグの交換に看護師がやってきたので、蒼空は声をかけた。

「すげー痛いんだけど、ヤバくない？」

看護師はモニターに目をやった。先ほどの里見ではなく、もう少し若そうな生田（いくた）という女性だ。白衣も、自由に選べるのか、階級によって違うのか、ズボンではなくスカートである。

「心配なく。数値は安定しているわよ」

生田はほほえんだ。

「けど、実際、痛いんだけど。腕も脚も、すげー痛い」

「痛いのは、最悪でない証拠」

「は？」

「重度の熱傷だったら、神経が死んでしまって、痛みも感じないんだから」

「マジ？」

「マジ。先生には伝えておくわ。薬を変えてくれるかもしれない」

生田の笑顔は人なつっこい。それもあって蒼空は心がずいぶん軽くなったが、下半身と左腕が厳重に保護されており、また、あの時の熱さと痛みを思い出すと、不安は残る。

「つか、俺、治るの？　いつ退院できるの？」

「治るわよ。ただし、薬を服んで、はい治りましたとはならないの。上皮が再生するのを待つしかなくて、生きることこそわが宿業、それには時間がかかる。我慢、我慢」

「ん？」

「何か？」

「いや、何でも。ええと、治っても、痕は残るよね？　よく、手とかがまだらになってる人を見るし」

「そうね、これだけの熱傷だから、まったく元どおりというわけにはいかないかな。けど、形成手術なんかで目立たないようにはできるから。それは治癒してからの話よ。まずはきっちり治さないと。そのためには安静にしておくこと。業が深い者は死ねないんだよ。ある意味、それは仏罰」

「何だって？」

蒼空はがばと上体を起こした。

「だめでしょう。注意してるそばから、そんなに動いて」

生田が両手を立てて制する。

「今、変なこと言った」

蒼空はかっと開いた目で生田を見つめる。

「変なことはないでしょう。早くよくなりたいのなら、おとなしくしていることが大切だと言ってるの」

「そうじゃなくて……。空耳？」

蒼空は右手で耳を押さえる。

「だめよ、だめ。パルスがはずれるでしょ」

「パルス？」

「指にはめているそれで脈拍なんかを測ってるんだから、右手も動かしちゃだめ。あのね、いま心配なのが感染症なの。細菌に感染したら、臓器に重大な影響が出て、命にかかわるよ。そうならないよう、体に異常が出ていないか、こうやってバイタルを二十四時間監視しているの。空耳じゃないよ。私はここにいる」

「言った！」

蒼空は戻しかけた上体をまた起こして、

「こっち、誰かいる？」

と右のカーテンに顔を向ける。

「ほかの患者さんがいるわよ」

生田は声を落として唇に指を立てる。

「鬼さん、こちら」

蒼空はその声をはっきり聞いた。

「誰だっ」

「静かに。いったいどうしたの？」

生田が眉を寄せる。

「こっちは？　誰？　どこの誰？」

蒼空は左のカーテンを顎で示す。

「そちらも安静が必要な患者さん。ＨＣＵの患者さんはみんなそう。君も重篤。さあ、寝て。ほら、血圧と脈搏がこんなに上がってる」

生田はモニターに目を向ける。さっきまでの柔和な笑顔は、もうない。

「誰、誰って、私のことをもう忘れたのかい。さびしいね」

「嘘だ。ありえない」

蒼空は首を左右に動かす。天井を見る。ベッドの下を覗こうと、サイドレールから身を乗り出す。

「危ない。よしなさい」

生田はあわてて蒼空の体を支える。蒼空は彼女に尋ねる。

「和香菜もここに入ってるのか？」

言い回しはそっくりだった。

「和香菜？」

「間宵和香菜」

「間宵？　火事で亡くなった方？」

「娘のほう。助かったのか？」

「いいえ。おかあさんと一緒に亡くなったわよ。さあ、寝なさい」

「じゃあ、誰なんだ？」

蒼空はなおきょろきょろ首を動かしたが、生田に両肩を押されると、それにまかせて体を横たえた。たしかに、話しぶりは和香菜と似ていたが、声の質が違った。もっと低く、年齢を感じさせた。

「誰もそもないよ。間宵己代子に決まってるじゃないか」

また声がした。

「己代子？　なわけねえだろ。とっくに死んでるのに」

蒼空は首を起こした。

「どっこい、神様に生かされててね」

「どこだ？　どこにいる？」

右耳に手を当て、左を見、右に首を振る。天井にも目を向ける。

「捜しても見えないよ。少年の中だから」

「ぁん？」

「和香菜の体にはすっかりなじんでいたんだけど、もう助かりそうになかったから、今度は少年に世話になることにしたんだよ。紗江子も炎上してたから、あっちに移動しても助からない。少年が戻ってきてくれてよかったよ。ありがとね」

「だから、どこにいんだよ？」

「だから、少年の中だって」

「俺の中？　なわけねえだろ！　どこにいる⁉」

蒼空は毛布をはねのけて起きあがった。

「だめじゃないの」

いったんカーテンの間から出ていった生田が、血相を変えて戻ってきた。

「おっ、ちょうどいい。看護師の顔色を見てな。やーい、デブ。仕事がストレスだからって、食ってばっかいるんじゃねーよ」

己代子を名乗る女の声はひどい悪態をついたが、生田は平然としている。険しい顔をしているのは、蒼空が安静にしていないからだ。

「少年の中で語りかけているから、少年にしか聞こえないんだよ。イヤホンで音楽を聴くようなものさ」

「バカな……」

蒼空は耳を押さえる。

「せっかく取り留めた命を粗末にしちゃだめよ」

生田は顔をゆがめ、今にも泣き出しそうだ。親身になってくれていると感じ、蒼空は体をベッドに倒した。

「そこのおデブちゃんに訊いてみな――」

姿なき自称己代子が言った。

「少年がここに運び込まれた時、左手がどうなっていて、どう処置したか」

言われるがまま、蒼空は生田に尋ねた。

「左手？　亡くなった女の子の手をしっかり握っていたわ。彼女を助けようと必死だったのね」

「いや、あれは……」

「握りしめた状態で熱傷を負ったため、ここに運び込まれた時、二人の手は癒着していたけど、執刀してきれいに剝がれたし、予後も良好だから、まったく心配ないわ。先生から聞いていない？」

「そういうことさ」

已代子が言った。

「どういうことだよ」

「察しが悪いねえ」

「わかんねえよ」

「何がわからないの？」

生田が怪訝そうに首を突き出した。蒼空が独り言を繰り返しているように聞こえているのだろう。

「何でも。ちょっと寒いから、上までかけてもらえる？」

蒼空は毛布をあげてもらい、口元をその下に隠した。

「機転がきくじゃないか。けど、騙されやすいんだよね、この子は。紗江子の嘘を鵜呑みにしちゃってさ」

ププッと擬音つきでの笑い声がする。

「嘘？」

「嘘というか、思い込みだな。和香菜はギフテッド？　四、五歳にして大人顔負けの読解力があった？ まあ、親としてはそう思いたいよね。現実は、和香菜はそこらにいる子と何ら変わりなかった。病気を持って生まれたからといって、それと引き替えに特殊な才能があったわけでもない」

「ぁん？」

「間宵己代子への感謝や共感から、和香菜は己代子になりきってしまった、というのが紗江子の見解。主体は和香菜だ。けど真実は、主体は己代子なんだな。己代子が和香菜を乗っ取り、コントロールしていた」

「同じことじゃないか。己代子の手記や録音が和香菜を洗脳した」

「違う。それでは、和香菜が己代子に依存しているにすぎない。主体は和香菜だ。そうでなく、己代子が和香菜の肉体を乗っ取り、肉体と精神を支配していたんだよ。ハリガネムシがカマキリを操るように」

「はあ？」

「己代子は、その体の一部である角膜を移植されることで和香菜の体に取りつき、最初は軒先を借りている程度だったのだけれど、徐々に彼女の体全体に遺伝物質を浸透させ、ついには征服した。人格も上書きした。和香菜が角膜移植を待つ身で、己代子が提供者というのは、滑稽な誤解だ。真実は逆、和香菜がドナーで、己代子がレシピエント。角膜としてかろうじて生き残った己代子を、ふたたび完全体の人間へと育ててくれる培地が和香菜だったのさ」

「何だよ、そのトンデモは」

「なあホレイシオよ、この世の中にはな、学問などでは説明のつかないことがあるのだよ」

「は？」

「ハムレット」

「は？」

「少年よ、自分の知識にあることだけが世界のすべてだと、ゆめゆめ思うことなかれ」

「おまえ、それ、ノーベル生理学賞を獲ったなんとか教授の前でも言えるの？　文学賞の先生は拍手するかもしんないけど」

「レオナルド・ダ・ヴィンチに、生物の情報は遺伝子によって次世代に伝わると言ったら、『何だよ、そのトンデモは』と笑うことだろう。遺伝学の開祖であるグレゴール・ヨハン・メンデルに、彼の死後ユーゴー・ド・フリースによって提唱される突然変異を語って、はたして信じてもらえるだろうか。ましてや、ゲノム編集により、偶然によらず、生物を自由に改変できることなんて」

「何言ってるかわかんねえよ」

「現実から目をそむけるのは自由だが、そうしたところで現実は変わらないぞ。相変わらず私の声が聞こえているのだろう？　看護師には聞こえてないのに。どうしてだい？」

「あー、あー、聞こえない、聞こえない」

蒼空は枕の上で頭を振る。

「おデブちゃんが言ってただろう？　少年と和香菜の左手は癒着していたと。接ぎ木さ。二つの植物体を接合させ、一つの個体とする、古くからの技術。和香菜はその後死んでしまったけど、植物でいうなら枯れてしまったけど、その前に私は和香菜の体から少年の体に移動して、今こうして少年の体に定着している。二度目の引越しをしたってわけさ」

「ねーよ」

「接ぎ木をすると、二つの植物体の間で遺伝物質がやりとりされることがあるんだよ。植物で起きることが動物では起きないと、どうして言える？」

「ないない、ありえねーし」

「でも、この声が聞こえてるんだろう？」

「幻聴、幻聴。ひどい火傷を負って、精神も不安定になってる。しっかりしろ、俺」

蒼空は右手で頭を叩く。

「どうしたのよ、また」

ぬっと顔を覗き込んできた影があった。生田だった。毛布をかけたあとベッドから離れていったのだが、蒼空の声を聞き、戻ってきたとみえた。

「ねえ、何か聞こえた？」

蒼空は生田に、すがるように尋ねた。

「聞こえたわよ、あなたが騒いでるのが。これ以上困らせないで」

「女の声は？」

「聞こえないわよ。具合が悪いの？」

「かもしれない……。火に襲われる前にも間宵の家でディープな時間を過ごしたし、その前にもドラッグでさんざんな目に遭ったし、ここしばらく、頭も体もめちゃくちゃだった」

「ドラッグ？」

生田が聞きとがめた。

「そんなこと言ったら、火傷が治っても別の病棟に移されるよ。あっちに入れられたら、なかなか出られないよ」

己代子を名乗る声が言う。

「うるさい！」

蒼空は起きあがって頭を叩く。

「よしなさい」

生田の手が伸びてくる。

「そうだよ、安静にしていておくれ。でないと、せっかく移動してきたのに、少年が死んでしまったら、何の意味もない」

己代子が言う。

「黙れ！　出ていけ！」

蒼空は叫び、生田の手を振り払う。指にクリップされていたパルスオキシメーターが吹っ飛んだ。

「引越しの挨拶のつもりだったんだけど、長くなったね。そろそろおいとまするよ。まずは、この体になじまないと。和香菜とはずいぶん勝手が違うんだよ。男だからかな。ま、仲よくやろうね。いずれ、また」

声はそれで消えた。

蒼空は耳を押さえた。頭を叩いた。

「おい？　己代子？」

声は戻ってこなかった。幻聴が消えたのか。それなら安心して静養に努めることができるが、あの声が自分の妄想の産物でないとしたら――。

「また」現われた時、何が起きる？

あの女はたんに他人の体に寄生するのではない。共生ではなく、宿主の人格を乗っ取ってしまう。和香菜をそう支配したように。

栢原蒼空として、考え、悩み、笑い、嘆き、怒り、安らぎ、胸を焦がすことはいっさいなくなる。思い出のページをめくることもできなくなる。

人格を奪われ、残るのは肉体だけだ。意思の抜けた肉体。それと、死ぬのと、どこが違う。

「生田さん、そっちを押さえて」

騒ぎを聞きつけたのか、生田が助けを呼んだのか、男性の看護師がやってきた。片手にはベルトとミトンを持っている。蒼空を身体拘束しようとしている。生田も、加勢するため、および腰で両手を伸ばしてきた。

――わたしにできることは、終わらせることだけなのです。

蒼空の脳裏に紗江子の言葉がよみがえった。

次には体が勝手に動いていた。生田の両手をかいくぐって右腕を白衣の胸ポケットに伸ばし、同じくらい素早く引き戻した。

あの女を始末するのは、今しかない。今はまだ、栢原蒼空の意思によって行動できる。人格を乗っ取られてからでは、もう遅い。

蒼空は右腕を水平に伸ばした。

ぎゅっと目をつぶり、息を止めた。

自分にできることも、終わらせることだけだ。

腕の先には、生田から奪った細身のボールペンが逆手に握られている。

ありったけの力で肘を畳めば、尖ったペン先は自分の耳の穴に突き刺さり、脳まで達し、それで終わる。

本書は、二〇一九年十一月に小社より刊行された単行本を文庫化したものです。

双葉文庫

う-20-01

間宵の母

2022年9月11日　第1刷発行

【著者】
歌野晶午

【発行者】
島野浩二
【発行所】
株式会社双葉社
〒162-8540 東京都新宿区東五軒町3番28号
［電話］03-5261-4818（営業部）　03-6388-9819（編集部）
www.futabasha.co.jp（双葉社の書籍・コミックが買えます）
【印刷所】
大日本印刷株式会社
【製本所】
大日本印刷株式会社
【カバー印刷】
株式会社久栄社
【DTP】
株式会社ビーワークス

【フォーマット・デザイン】
日下潤一

ISBN978-4-575-52597-7 C0193
Printed in Japan